KB102874

중독된 아이

중독된 아이

전건우 정해연 정명섭 차무진 지음

차례 🔍

전건우 　단편소설 《선잠》으로 데뷔해 호러 미스터리와 스릴러 장르를 병행해 작품을 쓰고 있다. 저서로는 《밤의 이야기꾼들》, 《소용돌이》, 《고시원 기담》, 《살롱 드 홈즈》, 《한밤중에 나홀로》, 《괴담수집가》 등이 있다. 제1회 케이스릴러 작가 공모전에서 호러 스릴러 《마귀》가 당선되었다.

공생

회의실은 어두웠다. 빈틈없이 닫은 블라인드로는 한 점의 빛도 들어오지 않았다. 암실 같은 회의실에서 빛을 발하는 것은 핸드폰뿐이었다. 남자 둘과 여자 하나가 각자 핸드폰을 들여다보며 말없이 앉아 있었다. 액정의 푸르스름한 빛이 세 명의 얼굴에 얼룩 같은 그림자를 남겼다.

"시작해 볼까?"

셋 중 제일 나이가 많아 보이는 남자가 핸드폰을 내려놓았다. 그의 말에 나머지 둘도 핸드폰을 손에서 놓았다.

"네. 그럼 보고 시작하겠습니다."

여자가 말했다. 딱딱한 말투였다. 흰색 셔츠에 남색 투피스

정장을 입은 차림새 역시 딱딱해 보였다. 남자 둘도 마찬가지였다. 목을 조를 듯 꽉 맨 넥타이는 창문의 블라인드처럼 빈틈을 허락하지 않았다. 셋은 입고 있는 정장 색깔마저 비슷했다. 밝기만 조금 다를 뿐 짙은 남색이었다.

자리에서 일어난 여자가 단상 앞에 섰다. 그러고는 버튼 몇 개를 누르자 흰색 스크린이 내려왔다. 천장에 달린 빔 프로젝트에도 불이 들어왔다.

"보고할 내용이 많은가?"

시작하자고 했던 남자가 물었다.

"아닙니다. 준비한 유튜브 영상을 보신 후 제가 최대한 간단히 설명하겠습니다."

여자가 말했다.

"내가 국장님과 점심 약속이 있어서 말이야. 혹시 중간에 일어나야 하는 상황이면 김 팀장 자네가 판단해서 조치한 후에 보고해."

"네. 알겠습니다."

김 팀장이라 불린 남자가 고개를 끄덕였다.

"그럼 지금부터 이현우, 통칭 국민 영웅에 대한 조사 결과를 보고하겠습니다. 우선 관련 유튜브 영상부터 보시죠."

여자가 리모컨을 누르자 스크린에 영상이 재생됐다.

[실제상황] 사고 난 차에서 사람을 구했어요!

go hero TV · 조회수 430만회 · 6개월 전

안녕하세요?

스물여덟 살, 평범한 신입 사원의 일상을 공유하는 '현우일상'의 현우입니다. 먼저 구독과 좋아요 부탁드립니다.

자, 오늘은 퇴근길 브이로그입니다. 저는 방금 지하철에서 내렸습니다. 평소라면 마을버스를 타고 가는데요. 운동도 하고 브이로그도 찍을 겸 이렇게 걷고 있습니다. 하하.

보이시죠? 어제 내린 눈이 아직도 곳곳에 쌓여 있네요. 그래도 지금 밤하늘은 아주 맑습니다. 춥기는 아주 춥고요. 계속 입김이 나오네요. 하하. 이럴 때는 포장마차에서 뜨끈한 우동 한 그릇 먹으면 딱 좋은데, 동네에는 포장마차가 없으니까 오늘은 짬뽕을 먹겠습니다.

저기 저쪽 골목만 돌면 단골 중국집이 나오거든요. 거기 짬뽕 국물이 진짜 환상적입니다. 얼큰한데 또 시원하고…… 어? 어!

쾅!

깜짝이야! 소리 들으셨죠? 사고가 났어요. 보여드릴게요!

저 흰색 소나타가 좌회전을 하다가 전봇대를 들이받았어요. 빙판에 미끄러진 것 같은데…… 지금 차에서 연기가 막 나

고 있는데요. 위험해 보여요! 일단 제가 한번 가 보겠습니다.

사람들이 모여 있어요. 신고하는 사람도 보이고요. 그런데 그 전에 불이 날 것 같아서…….

어! 지, 지금 보닛에서 불길이 치솟았습니다. 보세요. 보세요! 사람들이 비명을 지르고 장난 아닌데요.

운전자가 못 나오고 있어요. 지금 운전자가 못 나오고 있거든요. 어떡하지? 어떡하죠? 폭발하면 안 되는데. 아무도 차 가까이 못 다가가고 있어요.

안 되겠습니다.

제, 제가…… 저라도 뭔가를 해야겠어요. 잠시 핸드폰을 내려놓고 사람부터 구하겠습니다. 제발 아무 일 없어야 할 텐데…….

비켜요. 비켜 주세요! 빨리 운전자를 꺼내야죠.

제가 창문 깨고 운전석 문을 열 테니까 누가 좀 도와주세요. 네?

『자자, 여러분. 보셨죠? 유튜버 현우가 전국적으로 유명해진 계기가 바로 저 동영상입니다. 현우는 저 일 하나로 국민 영웅이 됐죠! 폭발하기 일보 직전인 차에 뛰어들어 자기 주먹으로 저 두꺼운 창문을 깬 거, 크으, 다시 봐도 진짜 멋지네!

다들 아시겠지만 저때 현우가 운전자를 꺼내자마자 진짜로 차가 폭발했잖아요. 현우 아니었으면 운전자는 꼼짝없이 죽었다니까. 그러니 국민 영웅이 됐지!

저 동영상에는 끝까지 나오진 않았지만 현우가 운전자 구하는 모습을 다른 사람들이 많이 찍었죠. 그게 또 뉴스에 나오고, 커뮤니티에 게시되고, SNS에 올라가면서 난리가 났잖아요.

아니, 세상에 경찰총장이 TV에 직접 나와서 사고 현장에서 운전자를 구한 영웅을 찾는다고 했으니 말 다했지 뭐. 댓글도 전부 진짜 영웅이다, 히어로다, 훈장 줘야 한다, 뭐 다들 이랬잖아. 안 그래요?

그러던 차에 현우가 딱 나타났지.

잔뜩 긴장한 표정으로 경찰총장한테서 상 받는 거 여러분도 봤죠? 그 어리숙한 모습이 또 인기 포인트였던 거지.

원래 현우는 소소하게 일상 찍어 올리는 일상 유튜버였거든요. 채널 이름도 '현우 일상'인가 그랬을 거야. 당연히 구독자 수도 별 볼 일 없었죠. 500명도 채 안 됐다고 알고 있거든요. 근데 국민 영웅 현우로 알려지고 그때 영상이 올라와 있다는 게 소문이 나면서 채널 자체가 떡상했지 뭐야!

보이시죠? 저 영상 조회 수. 400만이 넘었고 지금도 계속 올라가요, 계속. 당연히 구독자 수도 폭발적으로 늘었죠. 제가 확인해 보니까 700만 명이더라고요. 와! 진짜 부럽다. 크크.

근데, 아시죠? 여러분.

현우가 이 일 하나로 스타 유튜버가 된 게 아니란 거. 아무리 국민 영웅이니 뭐니 해도 사람들 관심은 금방 식지. 안 그래요? 현우가 계속 일상 브이로그만 올렸다면 구독자가 금방 빠졌겠죠. 근데, 다른 사건이 터졌죠. 여러분도 다 아시는 바로 그 사건.

크으. 이건 뭐, 될놈될이라니까요.

보시죠!』

> **[실제상황] 7층에서 떨어지는 아이를 구했어요!**
> go hero TV · 조회수 1000만회 · 5개월 전

안녕하세요?

'현우 일상'의 현우입니다. 먼저, 구독과 좋아요 부탁드립니다. 하하. 왠지 쑥스럽네요. 얼떨떨하기도 하고요.

구독해 주시는 분들, 좋아요 눌러 주시는 분들, 그리고 댓글로 응원해 주시는 분들 모두 정말 감사합니다. 솔직히 말씀드리면 국민 영웅이라 불리는 게 참 부담이 됩니다. 물론 그 일을 통해서 이렇게 많은 분들과 소통할 수 있게 된 건 좋죠. 그래도 전 늘 그랬듯 소소하고 담백하게 일상을 전하면서 꾸준히 영상 올리려고 합니다.

사실 뭐, 별다른 재주가 없어서 다른 콘텐츠를 못 하기도 하고요. 하하.

그래서 오늘도 일상 브이로그를 준비했습니다!

오늘은 주말이라 본가에 갑니다. 오랜만에 부모님 뵙고, 엄마가 해 주시는 밥도 좀 먹으려고요. 그거 아시죠? 아무리 좋은 음식 많이 먹어도 엄마표 김치찌개는 못 따라간다는 거. 하하.

여기가 제가 고등학교 때까지 살았던 동네입니다. 한적한데요, 조금만 더 내려가면 재래시장도 있고 해서 사는 데 불편이 없어요.

그 일 있고 나서 저희 부모님도 메시지나 전화를 많이 받으셨다고 하더라고요. 뉴스에 나온 걸 다들 보셨나 봐요. 근데 전 못 보겠더라고요. 그때 긴장을 많이 한 건 사실인데, 표정도 너무 어색하고 상 받을 때도 완전 딱딱하게 굳어서…….

자, 이제 아파트 단지로 들어왔습니다. 보시다시피 옛날 아파트예요. 17층까지 있는데요, 저희 집은 10층이에요. 여기는 높은 건물이 별로 없어서 전망이 아주 좋습니다. 고등학교 때 운동한다고 10층까지 걸어 올라가고 그랬거든요. 오랜만에 한번 해 볼까요? 하하.

어? 3동 앞에 사람들이 많이 몰려 있네요. 무슨 일이 생긴 것 같은데…….

지, 지금 큰일 났습니다!

베란다 난간에 아이가 매달려 있어요! 하나, 둘…… 7층, 7

층이에요. 보이시죠? 어떡하죠? 집에 어른이 없나 봐요.

이걸 찍고 있을 때가 아니네요.

저기요. 보고만 있지 말고 담요 같은 거 좀 가져다주세요! 아이가 떨어지면 펼쳐서 받게요. 네네. 아무거나 괜찮으니까 넓고 튼튼한…….

어? 떨어집니다!

『어휴. 다시 봐도 아찔하네요. 모두 알고 계시겠지만, 저때 떨어지는 아이를 받아 낸 것도 바로 현우입니다. 이 영상에는 안 담겨 있는데 다른 사람이 찍어서 올린 걸 보면 아이가 떨어지는 걸 보자마자 현우가 몸을 날려요. 다른 사람들은 말이야, 비명만 지를 줄 알지 꼼짝도 못 하는데 현우가 이렇게 아이를 안듯이 받은 거죠. 대단해. 인정합니다. 박수. 짝짝짝!

솔직히 말해서 나도 저렇게 못 해. 비명이나 꽥꽥 지르면서 눈 꼭 감고 있었을 거야. 근데 현우는 바로 뛰어들었거든. 그것 자체로 대단한 거야. 안 그래요? 인정? 어. 인정!

근데 이것도 인정해야죠, 여러분. 현우가 겁나게 운이 좋다는 사실.

7층에서 떨어졌다고요, 7층! 아이가 다섯 살이라던데, 아무리 몸무게가 별로 안 나간다 해도 그 높은 데서 떨어지면 이게 장난이 아니거든. 여러분, 그거 아세요? 7층 정도 높이에서 달걀이 떨어져도 그게 사람한테 명중하면 치명상 입을 수 있다는 거? 제가 지어낸 말이 아니에요. 이 사건이 일어난 다음에 뉴스에서 무슨 박사니 하는 사람들이 얘기하는 걸 들었다니까요!

아무튼, 운이 좋았죠. 아이는 물론이고 현우도 안 다쳤으니까. 이걸 또 분석하는 사람들도 있더라고요. 현우 자세가 좋았다, 아이가 등으로 떨어져서 안 다친 거다, 현우가 마침 오리털 패딩을 입고 있어서 괜찮았다, 뭐 말들이 많았는데 요점은 이거였죠.

현우 잘했다!

현우 최고다!

현우 국민 영웅 맞다!

한 달 사이에 두 번이나 사람 목숨을 구했는데, 이게 또 동영상으로 생생하게 남아 있다 보니까 이슈가 안 되려야 안 될 수가 있나. 다시 난리가 났죠. 기사들이 아주 막 쏟아졌어요! 유튜브에도 관련 영상이 넘쳐 났지. 게다가 더 대박인 게 뭔지 아세요?

현우가 떨어지는 아이를 받아 내는 영상이 'Korean Hero'라는 제목으로 해외 뉴스에도 보도가 됐다는 사실. 왜! 이거 진짜 대박 아닙니까?

이 동영상 조회 수 좀 보세요. 1000만이라니, 실화입니까? 이게 외국 사람들도 봤다는 거거든요. 댓글도 장난 아니에요. 외국인들이 단 댓글만 해도 몇백 개가 넘는다니까요. 감동적이다, 울었다, 고맙다, 당신이 진정한 영웅이다, 다들 이런 내용이에요. 베스트 댓글은 아예 '당신이 마블 영화에 출연해야 해요'인데, 살짝 오글거리지만 또 보고 있으면 국뽕이 차오르긴 하죠. 흐흐.

이때는 하루가 멀다 하고 현우 뉴스가 나왔어요. 인터넷은 물론이고 TV에서도 현우 이야기만 했다니까! 민심이 얼마나 좋았는가 하면 까기 좋아하는 남초 커뮤니티에서도 현우는 인정하자, 현우는 건드리지 말자는 분위기가 형성됐을 정도였죠.

처음 사람을 구했을 때는 뉴스 인터뷰만 딱 한 번 했던 현우도 더 적극적으로 움직였어요. 신문사 인터뷰도 하고 8시 뉴스에도 출연하고 그랬잖아요. 그때도 소박한 모습으로 겸손하게 대답해서 사람들 반응이 참 좋았다니까.

제일 대박이었던 게 뭐냐면, 여러분도 다 아시는 그 예능에 현우가 출연했던 거죠. 퀴즈 풀고 상품 주는 그 프로 있잖아요. 국민MC와 국민 영웅의 만남! 이렇게 기사가 딱 뜨니까 반응이 엄청났지. 얼마나 대단했냐면, 그 프로그램 역대 최고 시청률을 찍었다니까요! 방송 이후 반응도 폭발적이었죠. 저도 봤는데, 와! 현우 진짜 호감이다, 딱 이 생각이 들더라고요.

방송에서 국민 MC가 이런 질문을 했죠.

"두렵지는 않았습니까? 잘못하면 현우 씨가 다칠 수도 있었잖아요."

그때 현우가 한 대답이 또 완전 대박이었잖아요.

"두려웠죠. 솔직히 진짜 무서웠어요. 하지만 제가 다칠까 봐 두려운 것보다 운전자가, 그리고 아이가 목숨을 잃을까 봐 그게 더 두려웠어요. 그래서 움직일 수 있었던 것 같아요."

크으. 진짜 멋진 말 아닙니까?

이 말 듣고 감동받지 않을 사람이 누가 있겠어요? 인터넷 커뮤니티고 SNS고 할 거 없이 이 장면이 짤로 만들어져서 계속 퍼져 나갔죠. 현우는 이때 명예 소방관도 되고, 명예 경찰관도 되고, 하여간 여기저기 바쁘게 불려 다녔어요. 그래도 예능 출연은 딱 한 번이었는데 이게 또 개념 있다고 칭찬을 받았다니까. 하여간 이때 현우를 향한 민심은 떡상하다 못해 하늘을 뚫을 기세였지.

현우가 전문 유튜버가 되겠다고 선언한 것도 바로 이 시점이었죠. 하긴 저라도 그랬을 것 같아요. 영상 딱 두 개로 아마 몇 년 치 연봉을 한번에 벌었을 텐데, 회사 생활을 계속한다는 게 멍청한 짓이지.

앞으로 유튜브에 전념하겠다면서 어떤 식으로 활동할지 이야기하는 것도 영상이 있으니 한번 보시죠.』

[공지] 앞으로의 활동과 채널의 변화에 대해 드릴 말씀이 있습니다!
go hero TV · 조회수 520만회 · 5개월 전

안녕하세요?

현우, 인사드립니다. 먼저 구독과 좋아요 부탁드립니다.

오늘은 처음으로 일상 브이로그가 아닌 공지를 전해드리는 영상을 찍을 계획입니다. 이게 뭐라고 괜히 긴장되네요. 하하.

아시겠지만 지난달부터 지금까지 제 인생에 큰 변화가 찾아왔습니다. 작은 용기를 냈을 뿐인데 너무 큰 감사와 다 갚을 수 없는 보상이 돌아왔죠. 저는 제가 한 일에 자부심을 느낍니다. 그저께는 아파트에서 떨어졌던 아이를 다시 만나고 왔어요. 저를 안아 주면서 고맙다고 하는데 눈물이 나더라고요. 그 누구에게 칭찬을 들을 때보다 더 보람을 느꼈습니다. 물론 그렇다고 해서 지금 제가 누리고 있는 모든 것들이 당연하다고 생각하는 건 아닙니다. 과분하죠. 저는 이 과분한 관심과 사랑, 그리고 여러분의 응원을 어떤 식으로 되돌려드릴 수 있을까 고민을 많이 했습니다.

그러고 결론을 냈기 때문에 이렇게 공지를 올립니다.

저는 이제부터 전업 유튜버로서 활동하겠습니다. 회사에는 이미 사직서를 냈습니다. 솔직히 말씀드리면, 회사를 다니는 것보다 유튜브 수익이 월등하게 높기 때문에 이런 결정을 내린 것도 있습니다. 하지만 그 이유만은 아닙니다.

제가 국민 영웅으로 불리면서 깨달은 바는 지금 이 시대에는 영웅이 필요하고, 누구나 영웅을 원한다는 것입니다. 그리고 그런 영웅은 특별한 사람만이 될 수 있는 건 아니었습니다. 손에서 거미줄이 나오지 않아도, 최첨단 슈트를 입지 않아도, 엄청난 부자가 아니어도 우리는 누구나 영웅이 될 수 있습니다. 제가 바로 그런 사람이니까요.

그래서 저는 진짜 영웅이 되기로 했습니다. 이상하게 들릴 수도 있고, 웃기게 들릴 수도 있다는 것도 잘 압니다.

하지만 저는 확실히 결심했습니다!

앞으로 저, 현우는 위험에 처한 사람을 돕고, 어려운 사람을 위해 봉사하는 모습을 유튜브를 통해 여러분께 보여드리겠습니다.

이를 위해 채널 이름도 변경했습니다. 이제는 '현우 일상'이 아니라 'go hero TV'가 됐고, 이 이름에 맞는 콘텐츠를 곧 선보일 수 있도록 하겠습니다.

국민 영웅이라 불러 주시는 만큼 그에 걸맞은 모습으로 돌아오겠습니다. 혹시 제 도움이 필요한 분이 계시다면 언제든지 연락 주세요. 히어로가 그런 분들을 돕겠습니다. 작은 용기가 세상을 바꿀 수 있다는 것을 꼭 보여드리겠습니다!

감사합니다!

『자자, 보셨죠? 요약하자면 이거예요. 전문 유튜버가 될 건데, 그게 일상이나 올리는 게 아니고 히어로 활동을 하겠다는 거죠. 이 영상에는 그래서 도대체 뭘 어떻게 할 건지에 대해서는 나오지 않아요. 조금만 생각해도 이상한 구석이 있거든요. 용감한 건 인정하는데, 그것 말고는 별다른 힘이 없는 현우가 무슨 수로 위험에 처한 사람을 구하겠다는 건지, 일단 그 부분부터가 의문을 자아내죠.

그런데 사람들 반응은 어땠을까요?

이게 참 신기해요. 흐흐.

아무도 의문을 제기하지 않았어요. 제가 진짜 거짓말 안 하고 댓글을 다 읽어 봤거든요. 그런데 하나같이 칭찬만 하더라고. 와! 나 이거 보고 충격받았잖아. 민심이 좋아도 너무 좋은 거예요!

그렇지. 그럴 만도 한데, 상식적으로 의문을 품을 수는 있잖아요. 안 그래요? 어려운 사람 돕는 거야 돈 벌어서 할 수 있지. 저당시만 해도 어마어마하게 벌었을 테니까. 근데 영화 속 히어로처럼 진짜 그런 일을 하겠다는 건 솔직히 말이 안 되잖아요. 자기가 배트맨이야, 뭐야?

근데! 저 솔직히 인정할게요. 그때는 저도 이런 이야기 못 했어요. 국민 영웅 현우가 채널 이름도 바꾸고 히어로 활동을 하겠다는데, 감히 누가 딴죽을 걸어? 뭐, 이런 분위기였다니까요. 심지어 저도 고개를 갸우뚱하긴 했지만 현우라면 무슨 수가 있겠지 이렇게 납득을 했어요. 흐흐.

그런데 그런 일이 정말로 일어났습니다.

크으. 다시 생각해도 신기한데 현우가 진짜 히어로로 활동을 시작했다니까요! 저 이 영상 보고 지릴 뻔했잖아!

많은 분들이 보셨겠지만 그래도 한 번 더 보세요!」

[히어로가 간다] 산에서 길을 잃고 위기에 처했던 할머니를 구했습니다!
go hero TV · 조회수 890만회 · 4개월 전

안녕하세요?

국민 영웅 현우입니다! 저는 지금 도봉산에 나와 있습니다. 굉장히 긴박한 상황이라 간략하게 설명해드리겠습니다.

뉴스 보신 분들은 아시겠지만 어제 오후에 이곳에 약초를 캐러 왔던 70대 할머니가 실종됐다는 신고가 들어왔습니다. 아직도 할머니의 흔적을 발견하지 못하고 수색 중인데요. 밤 사이 기온이 뚝 떨어지는 산의 특성상 이틀 넘게 버티기는 힘들다는 게 구조대의 의견입니다.

그래서 저도 도봉산 산악구조대와 함께 할머니 수색에 동참하게 됐습니다. 명예 소방관으로 활동하면서 실질적인 도움이 되고자 구조와 수색 훈련을 따로 받았고, 그 결과 구조대의 허락을 얻어 수색에 함께하고 있습니다.

할머니가 마지막으로 목격된 곳은 바로 여기, 보문능선입니다. 어제도 이 근처를 샅샅이 뒤졌지만 끝내 할머니를 발견

할 수 없었는데요. 저는 전문 구조대의 활동에 방해가 되지 않는 선에서 나름의 수색 작업을 해 보겠습니다.

제게 일어났던 기적이 다시 한 번 더 찾아오기를 간절히 바랍니다!

우선 저는 이 능선을 따라 조금 더 위로 올라가 보겠습니다. 산에서 길을 잃으면 본능적으로 아래쪽을 향한다고 하는데요, 이 경우에는 다르지 않을까 하는 게 제 생각입니다.

실종된 할머니는 평소에도 도봉산에 자주 올라 약초를 캐시던 분이라고 해요. 70대지만 워낙 정정하셔서 산을 아주 잘 타신다는 게 가족들의 말입니다. 이곳이 7부 능선이라 꽤 높거든요. 여기까지 오셨다는 건 그만큼 체력도 좋고 도봉산 지리를 잘 알고 계신다는 뜻이겠죠.

헉헉.

잠깐 숨 좀 고르겠습니다.

헉헉.

말을 계속하면서 산을 오르려니 힘드네요.

네! 이제 됐습니다. 다시 움직이겠습니다.

어쨌든 제 생각에 할머니는 길을 잃은 게 아니라 어딘가 다쳐서 하산을 못 하신 게 아닐까 싶거든요. 미리 조사를 해 보니 할머니 핸드폰이 평소에도 잘 안 터졌다고 하더라고요. 그래서 따로 구조 요청도 못 하고 산속 어딘가에 꼼짝없이 고립된 것 같아요. 근데 보면 아시겠지만 여기는 찬바람을 막아 줄 게 아무것도 없어요.

지금 바람 소리 들리시죠?

해가 지기 시작하니까 4월인데도 바람이 아주 차네요. 할머니도 이걸 잘 알고 계셨을 테니 다친 몸을 이끌고 바람을 피할 수 있는 곳에 숨어 계신 건 아닐까요?

어젯밤부터 오늘까지 이 능선 아래로는 계속 수색을 했으니 저는 오히려 위로 가 보려는 겁니다. 위쪽 어딘가에 할머니만 아는 곳이 있어서 거기 계신 거라면 정말 좋겠네요.

아! 갑자기 확 어두워졌어요. 헤드랜턴을 켜겠습니다. 산이라서 그런지 확실히 해가 일찍 지네요.

아직까지 할머니를 구조했다는 무전은 없거든요. 구조대원분들은 어젯밤부터 한숨도 못 자고 계속 고생을 하고 계신데요. 제발 제가 도움이 되면 좋겠습니다.

헉헉.

지금 등산로를 따라 올라가고 있는데요, 아무래도 여기서 숲속으로 들어가 봐야겠습니다. 바람을 피할 만한 공간이라면 제일 먼저 동굴이 떠오르는데, 그런 건 등산로에는 없으니까요.

잠깐만요. 형광 끈을 나뭇가지에 매어 두겠습니다. 저도 길을 잃으면 큰일이니까요.

이제 숲으로 들어갑니다.

와! 여긴 더 어둡네요. 금방이라도 뭐가 튀어나올 것 같습니다. 랜턴이 없었다면 아무것도 안 보였을 거예요. 할머니가 추위와 두려움에 떨고 계실 생각을 하니 정말 마음이 아픕니다. 부디 무사히 찾을 수 있기를 바랍니다.

숲이 점점 험해지네요. 더 들어갔다가는 저도 돌아 나오기 힘들 것 같아서 걱정입니다. 이대로 포기해야 하는 걸까요? 마지막으로 주위를 한 번만 더 둘러보겠습니다.

이쪽은 아예 길이 없고…… 저기는 나무가 너무 빽빽하게 서 있어서…… 아!

보, 보이십니까?

저기 저거 동굴 같은데요? 빨리 가 보겠습니다!

헉헉.

헉헉.

맞습니다! 동굴이에요! 입구가 좁긴 한데 사람 한 명 정도는 들어갈 수 있을 것 같습니다. 제가 들어가 보겠습니다.

혹시 안에 누구 계세요?

계시면 말씀 좀 해 주세요!

아! 들립니다. 소리가 들려요! 보시다시피 천장이 낮아서 기어들어갈 수밖에 없는데요, 제가 최대한 빨리…… 어?

어!

보, 보이십니까?

저기 할머니가 계십니다! 할머니가…… 지, 지금 너무 흥분이 돼서 무슨 말을 해야 할지 모르겠네요.

할머니. 할머니! 어제 약초 캐러 올라오신 분 맞죠?

고개를 끄덕이십니다!

괜찮으세요? 이제 걱정하지 마세요. 제가 구해드릴게요!

여러분. 또 기적이 일어났습니다! 정말 감사합니다. 감사합니다. 지금 바로 무전을 보내겠습니다.

이, 이상하네요. 눈물이 멈추질 않습니다. 손이 덜덜 떨립니다. 뭐라고 표현할 길이 없네요. 할머니께 버텨 주셔서 감사하다는 말씀을 꼭 드려야겠습니다.

흑흑.

그럼 전 촬영을 마치겠습니다. 구독과 좋아요 부탁드립니다.

흑흑.

『아! 저도 이 마지막 장면에서 눈물 찔끔 흘렸잖아요. 얼마나 극적이고 감동적입니까! 영화를 이렇게 찍었다면 현실성 없다고 욕먹었을 거야.

당연한 사실이지만, 이 사건이 또 화제가 안 됐을 리 없죠. 아니, 막말로 구조대도 못 한 일을 현우가 한 거잖아요. 사람들은 현우 역시 자신들처럼 평범하다는 걸 아는데, 이런 식으로 대단한 일을 하니까 열광할 수밖에 없었죠. 현실에 진짜 히어로가 나타난 것 같은 반응이었다니까요!

이 사건은 결말이 더 훈훈해.

할머니는 발목이 부러져서 하산을 못 하셨던 거죠. 이것도 현우 추리가 맞았던 거지. 아무튼, 의사들은 조금만 늦었어도 할머니가 목숨을 잃었을 거라고 입을 모아 말했죠. 극적으로 구조된 할머니 딸이 커뮤니티에 글을 올렸거든요. 그 글을 보면 할머니가 알부자라서 제법 큰 금액을 현우한테 사례금으로 주려고 했나 봐요. 현우는 당연히 안 받았지. 그러면서 혹시 여유가 조금 있으시다면 저한테 주는 셈치고 고생한 도봉산 산악구조대에 지원금을 보내 주시면 어떻겠느냐고 했다는 거야!

크으. 이건 뭐 미담 끝판왕이야! 이걸 보고 나니까 의심했던 내가 완전 쓰레기 같은 거지. 그래서 저 진짜 반성 많이 했습니다. 흐흐.

이렇게 해서 현우, 아니 우리 국민 영웅의 공식 히어로 활동은 순조롭게 시작됐죠. 영상 보면 아시겠지만 이때는 촬영도 핸드폰이 아니라 아예 전용 카메라로 했더라고요. 화질이 다르잖아요. 편집도 훨씬 매끄럽고 영어 자막도 들어간 걸 보니 아마 이때부터 편집자를 따로 쓴 것 같아요. 잘 나가는 유명 유튜버들처럼 팀을 꾸린 거지. 장비에도 투자를 하고.

그리고 일주일에 많게는 두 번, 적게는 한 번씩 동영상이 올라왔죠. 기부를 하거나 선행을 하는 영상도 이 시점을 기준으로 업로드가 되기 시작했어요. 사람들은 그 영상 밑에도 댓글을 무지 달았어요.

초심 잃지 않아 다행이다, 국민 영웅은 선행도 남다르다, 기부도 사람 목숨 구하는 거지, 뭐 이런 댓글들이 1,000개 가까이 달리니까 조회 수 자체가 엄청났다는 거죠. 저도 정확하게는 모르지만 진짜 많이 벌었을 거예요. 유튜브 쪽에서 실버 버튼이랑 골드 버튼을 한꺼번에 보낼 정도로 채널 자체의 성장 폭이 컸으니까요. 머지않아 구독자 1000만 명을 넘겨서 다이아 버튼을 받을 거라고 다들 예상했죠.

저도 그렇게 생각했다니까요. 기부랑 선행 동영상 중간에도 사람 구하는 건 꾸준히 올라왔으니까. 사람들은 또 그런 콘텐츠에 열광했고, 그게 조회 수나 좋아요 수가 압도적으로 높았죠. 예를 들면 이 동영상. 이것도 인기가 많았던 건데 일단 보시죠.』

[히어로가 간다] 불타는 건물에서 강아지를 구했어요!
go hero TV · 조회수 650만회 · 3개월 전

안녕하세요?

국민 영웅 현우입니다. 보시는 것처럼 저는 지금 화재 현장에 나와 있습니다. 저희 동네 빌라에 불이 났다는 이야기를 듣고 달려왔는데요. 목격자들 말에 의하면 펑 소리가 난 후

불길이 치솟았다고 합니다. 아마 가스 폭발 아닐까요?

다행히 소방차가 제때 출동을 했고 주민들도 무사히 대피를 한 것 같습니다. 정말 다행입니다.

그래도 아직 불길이 완전히 잡히지는 않았습니다. 소방관분들이 열심히 싸워 주고 계신데요. 이 현장에서는 제가 누군가를 구할 필요가 없을 것 같으니 소방관들을 위해서 뭐라도…….

잠깐만요!

지금 어린아이가 울면서 뭐라고 하거든요. 제가 한번 가 보겠습니다.

애. 왜 울어? 무서워서 그래?

뭐라고? 조이가 집 안에 있다고? 조이가 누군데? 강아지?

여러분. 큰일 났습니다. 이 아이 강아지가 집에 있는 것 같습니다. 아마 강아지와 둘이서만 집에 있다가 혼자 구조된 것 같은데요, 어떻게 하면 좋을까요? 소방관분들은 이미 내부 수색을 마쳤습니다. 강아지 때문에 다시 진입하기는 힘들 듯한데…….

안 되겠습니다!

제가, 이 국민 영웅이 안으로 들어가서 강아지를 구해 오겠습니다. 지켜봐 주세요!

소방관님. 잠시 들어갔다 나오겠습니다.

네? 방해하지 말라고요? 아니, 저 모르세요? 국민 영웅 현우잖아요! 제가 들어가서 할 일이 있습니다. 만약 이 아이 강아지가 죽기라도 하면 책임지실 겁니까? 비켜 주세요.

여러분. 가까스로 빌라 안으로 진입했습니다. 위험한 상황인 건 알지만 강아지를 구하려면 기꺼이 감수해야죠. 그게 국민 영웅이 할 일 아니겠습니까?

아이 집은 402호라고 합니다. 계단으로 뛰어 올라가겠습니다.

헉헉.

열기보다도 매캐한 연기 때문에 너무 괴롭습니다.

콜록. 콜록.

그래도 저는 포기하지 않을 겁니다. 아이에게 약속했거든요. 히어로가 꼭 조이를 구해 주겠다고.

이제 3층을 지났습니다. 여, 여기는 아직 불길이 잡히지 않았습니다. 아! 조심해야겠네요. 보이시죠? 완전 지옥입니다. 지금 막 4층으로 올라왔습니다.

402호…… 402호…… 아! 저기네요. 연기 때문에 눈앞이 잘 보이지가 않습니다.

콜록. 콜록.

다, 다행히 402호 문이 열려 있네요. 안으로 들어가겠습니다.

조이야! 조이야!

너무 뜨겁고 숨쉬기가 힘드네요. 그래도 이 점퍼가 불에 잘 타지 않고 열기를 막아 주는 재질이라 그나마 견딜 만합니다. 바깥 열기는 차단하고 안쪽 열기는 가둬 두는 점퍼거든요.

자, 이제 잘 보이지는 않지만 거실에 들어선 것 같습니다. 다시 강아지를 불러 볼게요.

조이야! 콜록. 콜록.

조이야! 콜록. 콜록.

들립니다. 들려요! 강아지 짖는 소리가 들립니다. 조이가 저기 있습니다! 저를 향해 달려오네요.

찾았습니다! 여러분. 조이는 무사해 보입니다. 이제 강아지를 데리고 바로 탈출하겠습니다. 빨리 내려가기 위해서 촬영은 여기서 마치겠습니다. 무사히 나갈 수 있기를 바랍니다. 그럼 구독과 좋아요 부탁드립니다!

『강아지! 강아지! 아니, 불난 곳에 뛰어들어 강아지를 구한다는데 안 볼 사람이 어디 있어. 안 그래요? 조회 수가 말해 주잖아요. 조회 수가!

우리의 국민 영웅이 이제는 강아지도 구한다면서 사람들이 또 열광적인 반응을 보였죠. 반려견협회인가 하는 곳에서는 현우한테 감사장도 주고 그랬다니까요.

자, 그런데 말입니다. 흐흐.

이때부터 조금씩 논란이 생기기 시작했어요. 어디서 논란이 나왔는지 제가 하나씩 짚어드릴게요.

먼저, 방금 영상에서 조이인가 하는 그 강아지 보셨죠? 그 개가 혼자서 불 속에 그렇게 오래 있었는데 너무 멀쩡하거든. 안 다친 거야 그렇다 쳐도 흰색 털에 그을음 하나 묻지 않았다 이 말이죠! 몇 번을 다시 봐도 그래요. 방금 목욕이라도 시킨 것처럼 깨끗해! 흐흐. 이게 말이 되나?

이걸 발견한 사람들이 영상 밑에 댓글을 달면서 이상하다고 한 게 논란의 시작이었죠.

그리고 또 있어요. 뭐냐면, 현우의 태도. 이것도 논란이 됐죠.

소방관이 못 올라가게 말리는 거 보셨죠? 그런데 현우가 뭐라고 했죠? 자기 모르냐고, 국민 영웅 현우 모르냐면서 막무가내로 들어갔잖아요. 참나. 어이가 없네요. 안 그래요? 아니, 국민 영웅이고 나발이고 소방관이 안 된다고 하면 그 말을 들어야 하잖아. 자기 자신을 진짜 슈퍼 히어로라고 생각하는 게 아니면 이건 뭐 소방관을 아주 좆밥으로 보는 거죠.

저처럼 생각하는 사람들이 문제를 제기하니까 현우 지지자들은 이러는 거죠.

그게 무슨 상관이냐. 강아지를 구했으니 된 거 아니냐.

원칙대로 했으면 강아지가 목숨을 잃었을 텐데 그건 누가 책임질 거냐.

국민 영웅이 다 자신이 있으니 들어간다고 한 건데 그걸 소방관이 왜 말리냐.

강아지 한 마리를 위해서 목숨까지 건 현우가 대단한 거지 뭘 딴죽을 걸고 지랄이냐.

자기들은 용기도 없어서 키보드로 글만 싸지르기 바쁘지.

소방관은 열심히 불 끄고 강아지는 현우가 구하고 얼마나 좋은 그림이야.

나중에 관할 소방서에서도 문제없다고 했는데 왜 자기들끼리 난리야.

그래요. 뭐, 다 맞는 말이다 이거야! 결과가 좋았으니 된 거라 생각할 수 있죠. 그런데 소위 국민 영웅이라는 인간이 소방관 말을 무시하는 건 어떻게 봐도 그림이 안 좋잖아요. 둘 다 무사했기 망정이지 사고라도 났으면 어쩔 뻔했어요?

게다가 저처럼 문제 제기를 하는 사람들은 나름의 근거가 있었단 말이지. 그게 뭐냐면, 바로 조회 수예요, 조회 수. 아까 제가 슬쩍 말씀은 드렸는데 go hero TV 채널의 조회 수가 동영상마다 편차가 컸거든요. 복지원 가서 물건 전달하는 거, 희귀병 아동들 위해서 기부금 내는 거, 한강 쓰레기 청소하는 거, 이런 동영상들은 취지도 좋고 댓글도 훈훈한데 결과적으로는 조회 수가 그다지 안 나온다는 거죠. 60만, 40만, 적은 건 20만 정도가 나오는데 물론 이것도 높은 편이지만 누구 구하는 거 하고는 비교가 안 되잖아요.

근데 극적으로 사람 구하고 하는 일이 자주 생기는 게 아니잖아요. 결국 히어로 활동 콘텐츠를 확보해야 한다는 초조한 마음에 억지로 그 불구덩이 속으로 들어간 게 아닐까, 의심을 했던 거죠. 저 같은 사람들이. 흐흐.

그런 거라면 국민 영웅 현우의 진정성에 금이 가는 거잖아. 솔직히 안 그래요?

이런 내용의 댓글들이 영상 밑에 달리기 시작하니까 현우 팬들은 또 반박 댓글을 달고 하면서 시궁창이 된 거예요. 그런데 정작 현우는 딱히 해명을 하지 않더라고. 이것 가지고도 말이 많았죠. 찔리니까 반응을 못 하는 거다, 당당하니까 무시하는 거다, 뭐 이렇게 서로 다른 주장만 하면서 매일매일 싸우는 거야. 흐흐.

그러다가 결정적인 사건 하나가 터집니다. 여론이 완전히 바뀌는, 현우 입장에서는 치명적인 실수일 수밖에 없는 사건이었죠.

이것도 영상이 올라와 있으니 한번 보시죠!』

[히어로가 간다] 납치당할 뻔한 여성을 구했습니다! (ft. 양아치 3명 응징)
go hero TV · 조회수 390만회 · 3개월 전

안녕하세요?

국민 영웅 현우입니다. 먼저, 구독과 좋아요 부탁드립니다.

오늘은 분위기가 좀 평화롭죠? 하하. 바로 눈치채셨겠지만 다른 사람이 저를 찍어 주고 있습니다. 제 친구인데요, 제가 채널 개편하고 여러 일을 하면서 도움이 필요해 함께하게 됐습니다.

오늘은 모처럼 일상 브이로그를 보여드릴까 합니다. 국민 영웅 현우가 된 후로는 제 일상을 보여드린 적이 없는 것 같아서 이런 시간을 마련해 봤습니다. 친구와 치맥하러 가는 중입니다. 제 친구가 미식가여서 완전 맛있는 치킨 집을 안다고 하네요. 과연, 얼마나 맛있을지 기대하면서 출발하겠습니다.

자, 오늘 처음 선보이는 게 또 있습니다. 보이시죠? 제가 운전대 잡고 있는 거.

차를 한 대 샀어요. 아무래도 바쁘게 활동하다 보니 차가 필요하더라고요. 제가 직접 운전을 해서 친구가 강추하는 치킨 집으로 가겠습니다. 잘 찍어 줘!

요즘은 고민이 많습니다. 여러분의 과분한 사랑을 받는 만큼 그대로 돌려드리고 싶은데 아직까지는 충분하지 않구나, 싶거든요.

여기서 우회전이야?

좀 어두운 골목으로 진입하네요. 진짜 맛집은 이런 곳에 있죠.

하던 이야기로 돌아와서, 솔직히 말씀드리면 그렇습니다. 뭔가 더 체계적으로 활동하기 위해서는 결국 회사를 차려야 하지 않을까 싶은 거예요. 무슨 사업을 어떤 식으로 할지 구체화된 건 없지만 조만간 여러분께 특별한 소식을 전해드리지 않을까 싶습니다.

어? 저기 좀 봐.

뭔데? 왜 그래? 제 친구가 뭔가를 발견한 모양인데요. 잠시 차를 세우겠습니다.

저거 납치 아냐?

카메라 저쪽으로 돌려 봐! 여러분. 지금 검은색 승합차에서 내린 남자 둘이 여자 한 명을 끌고 다시 차에 타고 있습니다. 여자분이 저항을 하는데요, 아무래도 심각한 상황 같습니다!

어떻게 해야 해?

어떻게 하긴 가서 구해야지! 증거 필요하니까 넌 여기서 찍고 있어. 내가 가서 해결할게.

야! 현우야. 조심해!

자자. 지, 지금 그러니까, 어…… 국민 영웅 현우가 납치 현장을 목격하고 달려가고 있습니다. 일단 제가 계속 찍으면서 상황을 설명해드리겠습니다.

현우가 승합차, 그러니까 스타렉스죠. 지금 그 앞에 가서 뭐라고 소리치고 있는데요. 뭐라는지 들리지 않지만 빨리 놓아 주라는 것 같네요.

아! 승합차에서 남자 둘이 나옵니다. 덩치가 되게 큽니다. 흉기는 안 들었지만 당장이라도 현우를 공격할 것 같은데요. 분위기가 살벌합니다. 참나. 자기들이 잘못했으면서.

앗! 남자 한 명이 주먹을 휘둘렀습니다. 현우가 피하면서 반격하네요. 이번에는 둘이서 동시에 공격합니다. 현우가 업어치기로 한 명을 제압하고…….

『여기까지 보시겠습니다. 뒤에 영상이 길게 이어지는데 제가 요약해드리자면 국민 영웅 현우가 처음 등장한 남자 둘과 나중에 운전석에서 내린 한 명까지 총 세 명을 때려눕힙니다. 그것도 아주 가뿐하게. 업어치기에 어퍼컷에 돌려차기까지 아주 그냥 무쌍을 찍죠. 흐흐. 그러고는 현우가 다시 카메라 앞에 나타나 셋을 경찰에 넘기겠다고 말하고 영상도 마무리가 됩니다.

자, 여러분. 어떻습니까? 이 영상을 보고는 여러분도 이상한 점을 바로 눈치채셨을 겁니다. 영상 제목에는 양아치라고 되어 있는데, 그냥 동네 양아치라고 말하기에는 검은 양복에 덩치까지 너무 크죠? 이건 완전 조폭 아닙니까? 그런데 이렇게 쉽게 제압을 한다고요? 그것도 셋이나?

자자. 다시 말씀드리는데요, 현우가 사고 난 차에서 사람 구한 게 2월입니다. 그때는 그냥 평범한 회사원이었잖아요. 근데 불과 3개월 만에 저런 격투 실력을 보인다? 전 이거 못 믿겠더라고요. 당연히 못 믿지. 백번 양보해서 저 남자들이 싸움의 '싸' 자도 모르는 그냥 동네 양아치라고 해요. 그래도 덩치가 있고 체급 차이가 있는데 셋이서 현우 한 명을 못 이긴다는 게 말이 안 되죠!

이 영상이 올라온 후에는 저 같은 의문을 품은 사람이 확 늘어났어요. 이건 아무리 그냥 넘어가려고 해도 그럴 수가 없지! 흐흐. 특히 격투기 좀 안다고 자부하는 남자들은 완전 어이없어 했다니까요.

여기 달린 베스트 댓글 읽어드릴게요.

"저게 진짜 실력이면 허경영 공중부양도 인정해야 한다!"

아! 이건 다시 봐도 웃기네. 이게 댓글 중 추천이 제일 많았다니까요! 찬양 일색의 댓글로 도배가 되다가 이런 게 베스트가 된 걸 보면 이때부터 슬슬 민심이 돌아서기 시작했다는 걸 알 수 있어요.

사람들이 지적하는 건 현우의 비상식적인 격투 실력만이 아니었죠. 핵심이 뭔가 하면 3개월 안에 일반인이 프로 격투기 선수처럼 싸울 수는 없다, 그러니까 영상 속 저 상황은 짜고 치는 고스톱이다, 이거였죠. 즉, 주작이다 이 말이지. 주작!

와! 국민 영웅 현우가 주작이라고? 미친 소리 그만해!

처음에는 다들 인정 안 하는 분위기였어요. 근데 그러면 영상 자체를 설명할 수 없으니까 팬들도 슬슬 흔들린 거죠. 그래도 발악하는 몇 명은 있었어. 흐흐. 현우는 진짜 히어로라서 저런 게 가능하다나 뭐라나. 참나. 웃겨서. 더 웃긴 건 지금까지 현우가 힘을 숨기고 있었다는 거예요! 다들 애니나 영화를 너무 많이 본 건지 아니면 현우 뽕을 치사량으로 맞은 건지는 모르겠지만, 아무튼 이 동영상에도 댓글 전쟁이 벌어졌다니까요.

주작의 증거는 또 있어요. 사실 이쪽이 더 결정적인데, 저 영상을 찍은 날 서울 시내 어디에도 납치 관련한 신고가 없었다는 거죠. 왜! 이걸 알아본 인간도 참 대단하다. 흐흐.

아무리 현우가 여자를 구했다고는 하지만 이후에 신고하는 건 당연한 일 아닌가요? 영상 보면 현우 자기 입으로도 분명 말했거든. 셋 다 경찰서로 끌고 가겠다고. 근데 경찰에서는 신고 들어온 게 없다네? 그럼 국민 영웅 현우는 납치를 시도한 셋을 그냥 보내 주고 납치당할 뻔한 여자도 다시 돌려보냈다는 건데 이게 말입니까, 방굽니까?

이 사실에 대해서 해명을 해 달라고 수백 명이 댓글을 달았는데, 현우는 아무 말도 안 했어요. 그러니까 현우가 남자 셋이랑 싸우는 장면을 초 단위로 분석한 게시물까지 올라왔지. 유튜브에 치면 금방 나오는데, 이거 보면 현우가 업어치기할 때 상대방 남자가 무릎을 굽혔다가 펴는 장면이 나와요. 이게 뭘 뜻합니까? 업어치기를 당하는 게 아니라 당해 준다는 거잖아요!

이것만이 아니에요. 어퍼컷 날릴 때도 현우 주먹이 턱에 닿기도 전에 남자가 이미 고개를 젖히는 게 똑똑히 보이거든. 영화 찍을 때 스턴트맨들이 그러는 것처럼 합을 맞췄다는 거예요, 합을. 웃기지 않습니까?

그러고 보면 치킨 먹으러 가던 길에 납치범을 목격한 것도 말이 안 돼. 아니, 왜 현우 주위에만 이런 일들이 일어나느냐고! 게다가 하필 이날은 친구가 찍어 주고 있네? 여러분, 그거 아시죠? 모든 게 너무 딱 맞아떨어지면 오히려 어색하고 이상한 거. 이 영상 속 상황이 딱 그거야!

이렇게 주작 증거가 차고 넘치는데도 현우는 계속 침묵을 지켰죠. 인터넷 커뮤니티마다 이 사건이 화제가 됐고, 결국 뉴스에도 나왔어요. 기사가 막 올라왔지. 국민 영웅인가 사기꾼인가? 뭐, 이 비슷한 제목들이었어.

이 정도까지 궁지에 몰리니까 현우도 더는 가만히 있지 못했죠. 이 영상 올리고 딱 2주 만에 해명 영상이라고 올렸거든요. 그 거 한번 보시죠.』

[해명합니다] 절대 연출이나 조작은 없었습니다!
go hero TV · 조회수 500만회 · 3개월 전

안녕하세요?

국민 영웅 현우입니다.

먼저, 사실 여부를 막론하고 안 좋은 일로 얼굴을 보여드리게 되어 죄송하다는 말씀을 드립니다.

오늘은 여러분이 궁금해 하시는 부분들에 대해 솔직하게 밝히도록 하겠습니다.

결론부터 말씀드리자면, 저는 절대 조작을 하지 않았습니다. 물론 연출 같은 것도 하지 않았고요. 국민 영웅 현우라는 제 이름을 걸고 맹세합니다.

제가 그날 납치당할 뻔한 여성을 구한 건 사실입니다. 건장한 남성 셋을 제압한 걸 두고 의혹을 제기하는 분들이 있는데 영상에 그렇게 찍혔을 뿐, 덩치가 아주 큰 사람들은 아니었습니다. 그리고 저는 지난 몇 개월 동안 정말 열심히 종합격투기를 연마했습니다. 언제부터 등록해서 운동을 시작했는지 인증도 할 수 있습니다. 짧은 기간에 실력이 비약적으로 늘었다며 관장님은 물론 동료들도 다 놀랐습니다. 그걸 바탕으로 셋의 범죄를 막을 수 있었습니다.

또 하나, 경찰에 신고하지 않은 것은 제 불찰입니다.

실은 그 남성들은 납치하려던 여성의 지인들이었습니다. 알고 보니 서로 다툼이 있어 그런 상황이 된 것이고, 해당 여성이 처벌을 원치 않는다고 간곡하게 말해서 그냥 돌려보냈습

니다. 제가 안일했습니다. 다음부터는 이런 실수를 하지 않
도록 하겠습니다.

제가 하는 활동에 관한 정당한 비판은 수용할 수 있습니
다. 하지만 억측과 비방, 그리고 인신공격에 대해서는 참지
않을 생각입니다.

이런 이야기까지 해야 하나 고민했지만 그래도 말씀드리겠
습니다.

제가 올린 예전 영상 중에 특정 정당을 지지하는 듯한 발
언을 한 게 있습니다. 맞습니다. 저는 그 정당 지지자입니다.
하지만 이를 안 좋게 생각하시는 분들, 그러니까 정치적 이
념이 다른 분들이 저를 악의적으로 공격하고 있다는 상당한
증거를 확보했습니다. 그런 사람들에 대해서는 법적 조치를
검토 중입니다.

국민 영웅 현우를 사랑해 주시는 여러분. 다시 한 번 감사
의 말씀을 드립니다. 저는 앞으로도 묵묵히, 그리고 꾸준히
다른 사람을 돕는 일에 앞장서겠습니다. 응원 부탁드립니다.
구독과 좋아요도 부탁드립니다.

다음에는 좋은 소식으로 찾아뵙겠습니다.

『와! 보셨습니까? 물타기 진짜 지리지 않습니까? 이걸 정치 문
제로 끌고 가네요. 그러니까 현우가 하는 주장은 다른 정당 지지

자들이 억지로 자신을 까고 있다는 거잖아요. 이 영상에 어떤 댓글이 달렸는지 아세요? 뭐, 여러분이 예상하시는 그대로죠.

그놈들이 역시 그럴 줄 알았다, 더럽다, 깜빡 속을 뻔했다, 이런 식의 댓글들이 엄청 달렸어요.

참나. 진짜 뻔뻔하다, 뻔뻔해. 해명 같지도 않은 해명을 하면서 저렇게 당당하다니 어이가 없네요. 해명 영상에는 사람들이 진짜로 궁금해 하는 점에 대해서는 제대로 답변을 하지 않았죠. 격투 실력은 자기가 재능이 있다는 식으로 넘어가고, 신고 안 한 건 여자 탓으로 은근슬쩍 돌리고, 나머지는 다 비판하는 사람들이 문제라는 식이니, 이게 해명입니까?

자자. 이제 다들 아시리라 생각합니다. 국민 영웅 현우의 민낯을. 제가 이렇게 처음부터 보여드린 것도 여러분의 객관적인 판단을 돕기 위해서입니다. 물론 700만 유튜버인 현우한테 200만 따리인 전 상대도 안 되겠죠. 참나. 자괴감 드네. 흐흐.

그래도 전 꾸준히 문제 제기를 할 거예요. 가만히 보니까 이게 절대 현우 혼자 벌일 수 있는 일이 아닌 거죠. 현우가 강아지 구했을 때 입었던 점퍼 기억하세요? 너무 튀는 디자인이라 눈에 안 띌 수가 없었는데, 그 사건 이후에 점퍼 만든 회사에서 그걸로 광고를 하더라고! 흐흐. 와! 진짜 이것들. 이게 무슨 뜻인가 하면 현우가 일부러 그걸 입고 불길로 뛰어든 거라고요. 뒷광고. 바로 그거예요! 그러니까 뜬금없이 점퍼 기능을 이야기한 거지.

이렇게 까발렸는데도 현우를 옹호하는 세력들은 분명히 이해관계로 얽혀 있을 거라는 게 제 추측이에요. 현우가 자기 입으로 말한 그 지지한다는 정당도 분명 현우 편을 들고 있을 거라는 거죠. 국민 영웅이 자기들을 지지한다는데 그걸 왜 마다하겠어요? 안 그래요?

한마디로, 공생이에요. 공생!

현우 입장에서는 손해 볼 게 없죠. 아무리 비판을 해도 그 비판하는 사람들 역시 현우 콘텐츠를 볼 거란 말이죠. 그럼 조회 수 올라가고, 당연히 돈도 들어오고, 채널은 점점 커지고 이렇게 되는 거지.

그러니까요, 여러분. 제가 다시 말씀드리는데 전 계속해서 용감하게 현우를 깔 테니까 많이 호응해 주세요. 현우에 비하면 보잘것없지만 제가 또 이슈 다루는 채널 중에서는 톱이잖아요. 제가 총대를 메고 사기꾼과 끝까지 싸우겠습니다! 그러니 구독과 좋아요, 꼭 좀 부탁드립니다. 여러분의 구독과 좋아요가 싸울 힘이 되거든요. 그럼 마지막으로, 가장 최근에 올라온 현우 동영상 하나 공유할 테니까 보시고 댓글로 많이 까 주세요.

자자. 지금까지 '이슈잇슈' 채널의 이슈지기였습니다.

감사합니다!

구독, 좋아요, 알림 설정까지 꼭!』

[히어로가 간다] 자살하려는 대학생을 구했습니다!

go hero TV · 조회수 440만회 · 1개월 전

안녕하세요?

국민 영웅 현우입니다. 먼저 구독과 좋아요 부탁드립니다.

저는 오늘도 제 도움이 필요한 긴박한 현장에 오게 됐습니다. 여기는 마포대교인데요, 자신을 대학생이라고 밝힌 남성이 난간 너머에서 한 시간째 경찰과 대치하며 자살 소동을 벌이고 있다고 해서 급히 달려왔습니다.

제가 경찰관들에게 양해를 구하고 대학생 친구를 설득해 보겠습니다. 저 남성도 국민 영웅과의 대화는 원할 겁니다.

잠시 비켜 주시겠습니까?

지나가겠습니다.

감사합니다. 제가 설득하겠습니다. 네. 괜찮습니다.

자, 여러분. 점점 다가가고 있습니다. 평범하게 생긴 남성이네요. 확실히 어려 보입니다. 과연 얼마나 큰 고민이 있기에 자살을 시도하려는 건지 그것부터 들어 보겠습니다.

저…… 잠시 이야기 좀 할 수 있을까요?

네. 맞습니다. 제가 국민 영웅 현우입니다. 저를 알아보시는군요. 아! 팬이라고요? 감사합니다. 그럼 저와 잠시 대화를 나누시죠. 무슨 말이든 다 듣겠습니다.

저, 저는 졸업도 미루고 취업 준비 중인데 오늘도 서류 심사에서 광탈했어요. 이게 벌써 몇 번째인지 아세요?

몇 번째입니까?

50번! 50번째라고요! 나름 죽어라 노력하는데 어떻게 해야 할지 모르겠어요. 제가 쓸모없는 존재인 것 같아요.

아닙니다! 절대 그렇지 않습니다.

그런 위로는 필요 없어요! 그쪽이야 뭐든 할 수 있는 국민 영웅인데 제가 얼마나 힘들고 어려운지 어떻게 알겠어요? 이제 지쳤어요. 이대로 뛰어내리면 모든 게 편해질 것 같아요.

100번 떨어졌습니다.

네?

저는 입사 시험에 100번 떨어졌다고요.

정말요?

네! 정말입니다. 그러다가 101번째 도전한 곳에 취직을 했고, 이후에는 아시는 것처럼 이렇게 국민 영웅이 됐습니다. 100번 떨어지는 동안에 면접 근처에도 못 간 데가 태반이고요. 그래도 포기하지 않았습니다. 지금은 포기보다 용기가 필요할 때입니다. 100번 떨어졌지만 101번째에도 묵묵히 서류를 낼 수 있는 용기, 바로 그 용기를 가지셔야 해요!

하지만 전 용기는커녕 의욕도 없어요. 도무지 살고 싶은 의지가 안 생긴다고요!

아니에요. 자신을 속일 필요 없습니다. 손을 보세요.

네?

한 시간째 이 난간을 꽉 쥐고 있는 그 손을 보라고요. 그게 바로 당신이 가진 삶의 의지입니다. 그 의지를 외면하지 마세요.

그, 그래도…… 자살을 포기한다 해도 앞으로 혼자 어떻게 살아가야 할까요? 너무 두려워요!

왜 혼자라고 생각하십니까?

제 주위에는 아무도 없어요!

제가 있잖아요.

네?

국민 영웅 현우, 바로 제가 당신과 함께 있겠습니다. 당신은 혼자가 아닙니다. 그러니 제 손을 잡으세요. 자, 제 손을 잡고 희망의 세계로 넘어오세요. 천천히, 조심해서. 난간을 넘어오는 동안 노래를 불러드리겠습니다.

당신은 사랑받기 위해 태어난 사람…….

"더 봐야 해?"

남자가 물었다.

"아닙니다. 영상은 여기까지입니다."

여자가 리모컨을 누르자 동영상이 멈췄다. 현우가 대학생의 손을 맞잡은 모습이 정지된 채로 선명하게 떠 있었다.

"영상 보니까 대충 알겠는데 조사 결과는 어때?"

남자의 물음에 여자는 서류를 내려다보며 말했다.

"현 시점으로 현우의 채널은 900만 구독자를 달성하면서 승승장구하고 있습니다. 계속 논란이 생기고 여론도 처음처럼 좋지만은 않지만 유튜브를 통한 영향력은 여전히 국내 1위입니다. 기부와 선행도 계속하고, 정부 행사에도 초청을 받아 정책 홍보도 하는 중입니다."

"저 친구는 나도 알지. 사실 국민 영웅 모르면 간첩이니까. 그래서 어떻다는 거야? 결론이 뭐야? 사기꾼이야, 아니면 진짜 영웅이야?"

남자가 다시 물었다.

"사기꾼입니다."

"역시."

여자의 대답에 김 팀장이 고개를 끄덕였다.

"처음 두 건은 진짜였지만, 이후 벌어진 사건은 모두 조작된 것으로 파악됐습니다."

"뭐야? 도봉산 할머니 사건도 조작이었다고?"

남자의 얼굴에 처음으로 흥미롭다는 표정이 떠올랐다.

"네. 할머니와 그 가족들이 현우에게 뒷돈을 받고 실종된 것처럼 연기를 한 겁니다. 현우가 동굴에서 할머니를 찾아낸 것 역시 각본에 있던 일이었습니다."

"그럼 강아지 구한 건?"

이번에는 김 팀장이 물었다.

"그 사건 역시 현우 쪽에서 일부러 불을 냈다는 게 제가 내린 결론입니다. 방화를 저지른 게 현우 본인인지 아니면 함께하는 세력들인지는 모르겠지만 아무튼 각본대로 움직인 것은 사실입니다. 다만 구조받지 못한 사람을 구하는 게 처음 계획이었는데, 일이 틀어지면서 강아지를 구한 것으로 보입니다."

"거, 순발력 있구먼!"

남자가 감탄했다.

"네. 연기력도 아주 뛰어난 편입니다. 이후 유튜브에 올린 영상들 대부분이 조작됐거나 연출된 것으로 밝혀졌습니다. 물론 일반인들은 의혹 제기까지는 하지만 결정적인 증거는 찾지 못하고 있습니다. 아마 앞으로도 국민 영웅 현우는 지금의 명성과 평판, 그리고 수입을 유지할 확률이 높을 겁니다."

"그런 건 관심 없고, 내가 알고 싶은 건 딱 하나야."

남자가 그렇게 말한 뒤 스크린을 힐끔 쳐다봤다.

"말씀하십시오."

여자가 말했다.

"저 친구, 우리한테 도움이 되나?"

"네. 도움이 됩니다. 조사 결과 국민 영웅 현우에게 호감을 품는 사람일수록 우리 쪽에도 우호적이라는 걸 파악했습니다."

"좋아! 그럼 좋은 공생관계를 계속 유지하지. 덮어 줄 건 덮어 주고, 지원해 줄 건 지원해 주면서 알아서 잘해 봐."

남자는 그 말과 함께 자리에서 일어났다.

"네. 알겠습니다."

여자가 고개를 끄덕였다. 그 순간 남자가 물었다.

"아! 그런데 말이야, 아까 뭐라고 했지? 동영상에서 현우를 공격하던 저 유튜버……."

"이슈잇지입니다."

"그래. 그놈도 200만이면 꽤 잘나가는 거 아냐? 저런 애들이 자꾸 국민 영웅을 공격하면 해가 되지 않겠나?"

"걱정하지 않으셔도 됩니다."

여자가 슬쩍 미소를 지은 다음 덧붙였다.

"현우와 이슈잇지도 서로의 조회 수를 높여 주는 공생관계입니다. 게다가 두 사람은 친구 사이입니다."

"역시!"

김 팀장이 말했고, 남자는 만족한 듯 웃어 보인 후 회의실을 나갔다. 여자는 회의실을 정리하기 시작했다.

TV 뉴스, 신문 기사, 인터넷 게시물, 그리고 SNS. 우리를 둘러싼 수많은 매체 속에는 오늘도 누군가를 선동하기 위한 정보들이 넘쳐 난다. 그런 오염된 정보의 대표적인 산실이 유튜브라는 걸 부정하는 사람은 없을 것이다.

거짓말로 누군가를 속이는 유튜버 이야기는 어제오늘 일이 아니다. 심지어 그런 유튜버를 저격하는 유튜버마저 거짓말을 했다는 게 드러나 망신을 샀던 적도 있다.

소름 돋는 사실은, 그런 거짓말마저 한 번 입 밖으로 뱉고 나면 사실처럼 받아들여 진다는 것이다. 이것이 바로 '선동의 메커니즘'이다.

나는 이 메커니즘 속에 모종의 공생관계가 형성되어 있지 않을까, 하는 상상을 하며 이 작품을 썼다. 속이는 자와 그것을 고발하는 자, 그리고 그 모든 걸 이용하려는 자들의 공생 속에서 피해를 입는 것은 오로지 평범한 사람들뿐이다.

아니, 어쩌면 피해자는 없는 것일지도 모르겠다. 선동의 목적을 가진 정보를 적극적으로 퍼 나르는 이는 바로 평범한 사람들, 즉 우리들이기 때문에. 그렇다면 결국 우리도 공생의 사슬에 슬쩍 다리 하나쯤 걸치고 있는 것이리라.

정해연　　소심한 O형. 덩치 큰 겁쟁이. 장편소설《더블》을 시작으로 다수
의 미스터리 스릴러 소설을 썼고, 어린이·청소년 등 폭넓은 독자
를 위한 글을 쓰고 있다.《봉명아파트 꽃미남 수사일지》,《유괴의
날》은 드라마로《구원의 날》은 영화로 제작될 예정이다.

참교육의 날

1.

[오우! 무슨 일이야, 무슨 일이야? 쓰리써클 님께서 5만 원을 후원해 주셨어요. 참교육 형님, 저는 공무원이 꿈이었던 중학생인데요. 무슨 일이야, 무슨 일이야. 왜 때문에 과거형인 거야?]

태블릿 PC화면을 보며 세환은 자기도 모르게 히죽였다. 세환이 가장 좋아하는 유튜버 '참교육'의 생방이 진행되는 중이었다. '쓰리써클'이라는 세환의 닉네임이 참교육의 입으로 불리자 온몸에 전율이 흘렀다. 유튜버 참교육이 계속 메시지를 읽었다.

[요즘에는 뉴스만 봐도 참 답답하잖아요. 눈 가리고 아옹 하면서

서민들 속여서 돈 버는 어른들, 그걸 솜방망이 처벌하는 우리나라 법! 아직 중학생인 제가 살아가야 할 이 나라가 얼마나 답답한지요! 근데 참교육 형님을 알고 난 이후로 이 사회에도 빛이 있구나, 알게 됐어요. 참교육 형님, 참으로 존경합니다. 아하하. 내 입으로 읽으니 거참 쑥스럽구먼.]

머리를 쓸어 넘기며 웃는 참교육을 따라 세환의 입가에도 웃음이 사라지지 않았다. 지금의 이 신나는 기분으로는 입을 벌리고 참교육을 따라 으하하 웃고 싶었지만 그럴 수 없었다. 지금 세환은 독서실에 와 있기 때문이었다. 지금 열심히 공부 중일 거라고 믿고 있을 아버지가 아신다면 당장 독서실을 끊어 버릴 테지만, 아버지는 모른다. 참교육의 생방을 보지 않고 공부해 봐야 집중이 되지 않을 거라는 걸 말이다. 차라리 시원하게 생방을 보고 나서 공부를 하는 게 훨씬 이득이다.

지난 1월, 세환이 '참교육의 날' 채널을 알게 된 것은 알고리즘의 영향이었다. 세환은 유튜브로 수년 전 종영한 시트콤이나 예능 방송의 클립영상을 주로 봐 왔다. 그것 말고도 몇 번쯤 '시민몰래카메라'나 '지하철 막말남 동영상' 같은 것을 봤는데, 그 영향 때문인지 어느 날 추천 영상으로 '참교육의 날' 채널이 떴다. 가장 처음으로 보고 빠져들어 버린 영상은 '쓰레기 불법투기 현장'이었다. 공원 쓰레기통에 자기 집 쓰레기를 가지고 와 버리는 사람들을 고발하는 내용이었다. '설마, 그런 무개념이 많겠어?' 하고 생각했지만 놀랄 만큼 많은 사람들이 그런 짓을 벌였고, 어떤 아줌마는 몇 포대나 되는 쓰레기를 공원 쓰레기통에 쑤셔 넣고 도망쳤다. 유튜버 참교육은 그런 사람들을 인터뷰했는데, '네가 경찰이냐'며 안하무인으로 행동하던 사람들에게 영상을 보여 주고 신고하겠다고 하자 실실 비굴한 웃음을 지으며 자신이 버린 쓰레기를 회수하는 모습을 보였다. 거기서 그치지 않고 정도가 심한 사람들을 직접 구청에 신고하기도 했는데, 오히려 이를 귀찮아하는 직원의 모습을 촬영하고 방송해 구청 측에서 공식 사과문을 올리기도 했다. 속 시원했다. 그걸 계기로 세환은 유튜버 '참교육'의 성실한 구독자가 됐다. 모든 영상에 좋아요를 눌렀고, 나오는 광고도 스킵하지 않고 끝까지 봤으며, 댓글은 물론 라이브 방송까지 모두 들어가 참여했다. 그러면서 후원은 자연스럽게 이뤄졌다.

[그래, 참티들. 오늘 같이 얘기 나눠서 좋았고.]

'참티'는 '참교육의 날' 채널 구독자들을 부르는 애칭이다. 참교육은 멘토, 구독자들은 멘티라는 개념으로 '참교육의 날 채널의 멘티'라는 뜻의 줄임말로 '참티'다.

[다음에 영상으로 만날게. 혹시 신고하고 싶은 일이 있거나 보고 싶은 아이템 있으면 댓글로……]

참교육의 마지막 인사에 댓글창이 폭발했다. 모두 참교육에게 인사를 남기고 싶은 것이다. 세환 역시 빠르게 문자를 입력하는데, 옆에서 누군가 팔을 두드렸다.

고개를 돌려 보니 옆자리에 앉아 있던 주명이가 뒤로 눕 듯 몸을 기울여 이쪽을 보고 있었다. 입을 몇 번 벙긋거리더니 세환이 알아듣지 못하는 걸 깨닫자 살짝 미간을 찌푸리고 자신의 귀를 손가락으로 가리켰다. 세환은 아, 입을 작게 벌리며 귀에 꽂혀 있던 무선 이어폰 한쪽을 뺐다. 주명이 다른 학생들을 의식해 작은 목소리로 속삭였다.

"수정 테이프 좀 빌려 달라고."

세환은 필통에서 얼른 수정 테이프를 꺼내 주명에게 내밀었다. 그걸 받는 주명의 시선이 세환의 왼쪽 손에 들려 있는 태블릿 PC 화면으로 향했다. 세환이 봤을 때는 이미 라이브 방송이 끝나 있었다. 마지막 댓글을 달지 못해 아쉬웠다.

"야."

세환을 부른 주명이 출입문 쪽을 향해 턱짓을 해 보이고는 먼저 일어나서 나갔다. 두 시간 넘게 한자세로 고개를 숙인 채 화면만 들여다본 탓에 그렇잖아도 목뒤가 뻐근한 터였다. 음료수나 한 잔 마시고 들어와야지, 하는 생각과 함께 자리에서 일어나 주명을 따라 나갔다. 보통 새벽 1시쯤 집으로 돌아가니, 이제 두 시간 남았다.

"너 또 후원 쐈냐?"

복도로 나오자 뒤따르는 세환을 향해 휙 돌아선 주명이 쏘아붙였다. 세환은 잠깐 멈칫했지만 곧 고개를 끄덕였다. 거짓말을 할 이유는 없다. 유튜버에게 후원금을 쏘는 걸 한심해 하는 사람들도 있지만 신경 쓰지 않는다. 적어도 자신이 참교육에게 하는 후원은 일반적인 '조공'의 의미와는 달랐다.

　"그게 왜?"

　주명이 깊이 한숨을 내쉬었다.

　"얼마나 했는데, 이번엔?"

　"뭘 오지랖이래."

　세환은 콧방귀를 끼고는 자판기를 향해 몸을 돌렸다.

　"너 지난번에도 3만 원이나 했잖아."

　이번에 5만 원이나 한 걸 알면 기절할 얼굴이다.

　"그게 뭐? 더 하는 사람도 있어. 그리고 다른 사람들처럼 자기 주머니로 들어가는 것도 아니야. 좋은 일에 쓰신다고, 참교육 형님은."

　주명이 또다시 한숨을 내쉬었다. 얼마나 크게 내쉬는지 가슴이 크게 들썩였다.

　"형님 같은 소리하네. 형님이라는 사람이 그따위로 사람 이용하냐?"

　"뭐라는 거야?"

　"그 사람, 생방할 때 후원 없는 댓글은 아예 읽어 주지도 않지? 1, 2천 원 후원한 사람도 고맙습니다, 그 정도로 끝내고. 크게 후원한 사람 것만 제대로 읽어 주고, 띄워 주고 그러지?"

이번만큼은 바로 반박하지 못했다. 실제로 참교육은 후원을 하지 않은 사람의 댓글을 읽어 주는 일이 거의 없다. 메시지가 읽히려면 적어도 만 원 이상, 운 좋으면 5천 원짜리도 읽어 주긴 했다. 금액이 클수록 기뻐하거나 고마워하고, 상대를 치켜세워 줘서 조금은 경쟁심도 든다. 사실 그래서 세환도 오늘 5만 원이나 후원하게 됐다. 세환에게도 결코 적지 않은 돈이지만, 엄지를 척 들어 올리며 칭찬하는 모습을 보니 후회가 들지는 않았다.

세환은 주명의 말이 무슨 뜻인지 잘 안다. 일부 유튜버들이 그런 식으로 후원을 끌어낸다는 말이다. 하지만 참교육은 그들과 다르다. 참교육의 날 채널은 후원금을 약자들을 위한 콘텐츠를 만드는 비용으로 쓰고 있다고 했다. 전에는 후원금으로 갑질 피해를 당하신 아파트 경비원의 경비실에 에어컨을 설치해드렸다.

"그럼 생방하는데, 그 많은 사람들 글을 다 읽어 주냐? 그리고 몇만 원씩 후원해 주는 사람한테 감사 인사는 당연히 하는 거지."

물러서지 않는 태도에 주명이 쯧, 혀를 찼다.

"그렇게 당당하면 너네 엄마 아빠한테 말씀드려도 되지?"

주명은 세환과 같은 동네에 산다. 주명과 세환이 어린이집에 다닐 때부터 알고 지냈으니 부모님과도 어느 정도 친분이 있었다. 세환은 인상을 구기고 나직하게 말했다.

"오지랖 자제요."

2.

주명과 이야기를 나눈 건 고작 10분도 안 됐지만, 자리로 돌아온 뒤에도 공부가 손에 잡히지 않았다.

"오지랖 자제요"라고 말했을 때, 저도 모르게 진심으로 짜증 난 기분이 그대로 얼굴에 배어난 모양이었다. 주명은 뭔가 더 말하려다가 고개를 내저으며 독서실 안으로 들어갔다. '난 모르겠다, 네 마음대로 해라'라는 뜻으로 읽혔다. 세환을 이해하는 게 아니라 포기하는 뉘앙스였다. 세환이 독서실 안으로 들어갔을 때 이미 자리에 앉아 있던 주명은 세환이 지나가도 고개 한 번 들지 않았다. 그러니 아무리 자리에 앉아 공부를 하려 해도 집중할 수 있을 리가 없다. 옆에서 냉랭한 공기가 넘어오는 것 같았다. 괜히 신경이 쓰였다. 결국 12시도 못 돼서 자리에서 일어났다.

건물 바깥으로 나오니 승합차 한 대가 도로가에 시동을 건 채로 문을 열고 정차해 있었다. 낯익은 두 명이 안쪽에 앉아 핸드폰을 들여다보고 있었다. 세환이 다니는 독서실에서는 안심귀가 서비스를 제공한다. 그럴싸하게 들리지만 학원과 마찬가지로 집에 데려다주는 차량을 운행하는 것뿐이다. 운전기사님은 차에서 몇 발짝 떨어진 곳에 서서 담배를 피우고 있었다. 지나가는 사람 몇몇이 불쾌한 얼굴로 코를 막으며 지나갔다.

세환은 차에 올라탔다. 이미 앉아 있던 두 명이 약속이라도 한 듯 흘깃 쳐다봤다가 무심한 표정으로 다시 핸드폰에 시선을 박았다. 세환은 머쓱해진 기분으로 차에 올라 승합차 뒷좌석 중 가장 앞줄에 앉았다.

"세 명이 전부냐?"

어느새 담배를 다 피운 기사님이 다가와 안을 들여다봤다. 세환도 다른 두 명의 아이들도 대답 없이 입을 다물고 있었다. 저 안에서 공부하는 애들을 모두 아는 것도 아닌데 더 탈 사람이 있는지 아닌지 알 수가 없는 것이다. 기사님도 딱히 대답을 원했던 것은 아닌 듯 뒷좌석 문을 힘껏 당겨 닫으려 했다.

"타요."

승합차의 문을 닫으려는 기사님의 팔 아래로 누군가 휙 빠져나오듯 올라탔다. 세환은 무심결에 고개를 들었다가 살짝 놀랐다. 주명이었다. 주명은 늘 새벽 1시까지 꽉 채우고 나오는, 그야말로 독서실의 모범생이었다.

세환이 쳐다보자, 주명은 슥 시선을 피하며 안으로 들어왔다. 그러면서도 세환의 바로 옆에 털썩 앉았다.

"뭐냐?"

그 사이 차는 도로로 합류했다.

"피곤해서 일찍 들어가려고."

어깨를 으쓱하며 주명이 대답했다. 세환은 자기도 모르게 피식 웃었다. 주명과는 늘 이런 식이다. 가끔은 의견이 대립해서 냉랭한 사이가 되기도 하지만, 그 싸움이 오래가지는 않는다. 그렇다고 어린애들처럼 내가 잘못했어, 하고 울먹이며 사과하는 일도 없다. 아무 일 없었다는 듯 쓰윽 말을 걸면 충분하다. 세환은 그런 주명이 좋았다.

"뭐 보냐?"

휴대폰을 보고 있는 주명을 향해 세환이 몸을 기울였다. 주명은 유튜브 영상을 보고 있었다. 영상 속에서 '세븐 걸스'의 멤버들이 바닥을 구르며 게임을 하고 있었다. 세븐 걸스는 세환도 좋아하는 그룹이지만, 앨범을 준비한다며 활동을 종료한 이후로는 노래도 별로 듣지 않았다. 아이돌에서 사회 정의로 관심사가 바뀐 것은 제대로 된 어른으로 한 발짝 성장한 거라고 자평한다. 세븐 걸스의 지난 활동 영상을 사골처럼 우려 가며 복기하는 주명은 아직 어린애인 것이다.

세환은 헐, 하고 어이없음과 함께 비아냥을 담은 소리를 냈다.

"지도 유튜브 보면서?"

"난 너처럼 그렇게 충성은 안 한다."

"뭐래."

세환은 입술을 비쭉였다. 어차피 주명도 좋아하는 채널을 발견하면 자신처럼 빠져들 거라고 생각했다. 그건 세환만의 특별한 일이 아니기 때문이다. 생방에 참여하고, 영상에 댓글 달고, 후원하는 사람들이 얼마나 많은지 모른다.

독서실 차가 30분쯤 달렸을 때, 세환은 차에 탄 사람 중 두 번째로 내리게 됐다. 사는 동네에 따라 기사님이 임의로 코스를 정해 도는데, 오늘은 주명보다 세환이 먼저 내렸다. 대충 손을 흔들어 인사를 한 뒤 차에서 내렸다.

세환의 집은 이면도로에 면해 있는 단독주택이다. 아파트에 살아 보고 싶기도 하지만, 가끔 주명의 집에 놀러가 보면 답답하다는 생각도 든다. 실수로 쿵, 하고 발을 디뎠을 때 자기도 모르게 흡, 숨을 멈추며 조심하게 되는 게 영 불편했기 때문이다.

주머니에서 대문 열쇠를 꺼내던 세환은 고개를 갸웃했다. 대문 너머로 집 안에 불이 켜 있는 게 보였기 때문이다. 세환의 부모님은 명익대학 앞에서 찜닭 가게를 운영한다. 늦게까지 손님이 있기 때문에 대부분 새벽 1시는 돼야 집에 들어오셨다. 독서실에서 보통 새벽 1시까지 있다가 돌아오는 세환과 집 앞에서 마주치는 일도 다반사다. 그런 부모님이 오늘은 일찍 들어오셨다니 신기하면서도 반가웠다.

그러나 그런 기분은 대문을 열고 들어가 현관까지 가는 사이에 온전히 사그라져 버리고 말았다. 엄마와 아빠의 날카로운 목소리가 마당까지 터져 나왔기 때문이다.

"그래서 나보고 어쩌라고?"

엄마였다. 함께 식당을 운영하니 이전에도 이런저런 문제로 싸우기도 했지만, 이런 목소리는 처음 들어 봤다. 울고 계신 건가 싶을 정도로 떨리는 목소리지만, 스치면 베일 정도로 날카롭기도 했다.

"누가 어쩌래?"

"지금까지 내내 입 꾹 다물고 한마디도 안 하잖아!"

"이 상황에 그럼 무슨 말을 해! 꿀 발라 놓은 것처럼 감언이설이라도 해 줘?"

아주 잠깐 침묵이 흘렀다. 그 잠깐의 침묵도 허락하지 않은 것은 아빠였다.

"솔직히 말해 봐. 정말 당신이 아주 잠깐 실수로라도……."

"당신 진짜!"

엄마가 뭔가 되받아치려다 말고 입을 다물었다. 세환이 현관문을 열었기 때문이었다. 세환은 눈치를 보며 안으로 들어 갔다. 역시나 엄마의 눈은 시뻘게져 있었고, 아빠의 얼굴도 비슷한 색으로 물들어 있었다.

"다녀왔습니다."

세환의 등장에 엄마는 당황하다가 입술을 질끈 깨물더니 그대로 안방으로 들어가 버렸다. 혼자 남은 아빠가 신발을 벗고 올라서는 세환을 향해 어색하게 손짓을 하며 말했다.

"고생했다, 씻고 들어가 자라."

"으응."

아버지 역시 안방으로 들어갔다. 혹시 두 사람의 다투는 소리가 더 들려올까 걱정했지만 다행히 그렇지는 않았다. 다행이다, 생각하며 세환은 방으로 들어갔다. 가방을 풀고 휴대폰을 꺼내 유튜브 창을 열었다. 세환이 구독하고 있는 채널의 새 영상 알림이 없어서 홈 화면에 떠 있는 영상 목록을 확인했다. 한참을 고르고 골라 양치를 하며 볼 영상으로 소리가 잘 안 들려도 볼 수 있을 정도로 자막이 나오는 브이로 그를 선택했다.

양치를 하러 화장실로 가면서 잠깐 안방 쪽이 신경 쓰였지만, 어깨를 한 번 으쓱하고는 고개를 돌렸다. 주명과 자신의 사이가 그렇듯 사람 사이에 싸우는 일이 한 번도 없을 수는 없다. 자신과 주명처럼 두 분 역시 금방 평소로 돌아갈 거라고 생각했다.

다음 날 아침 식탁에 마주 앉아 커피를 마시고 있는 두 분을 보며 세환은 '역시'라고 생각했다. 그러나 그로부터 일주일, 두 사람 사이의 균열이 평소와 같지 않다는 것을 세환은 깨달았다. 심상치 않은 일이 엄마 아빠의 얼굴에, 아니 가족 전체의 삶에 그늘을 드리우고 있었다.

3.

일주일 사이 세환이 느낀 '심상치 않은 것 같은데'의 순간은 세 차례였다.

첫 번째는 엄마와 아빠의 얼굴에서 웃음이 점차 사라지고 있다는 것이다. TV를 보다가 느닷없이 세환이 CM송을 따라하며 우스꽝스러운 춤을 출 때, 예능에서 현란한 몸 개그가 터질 때, 바지가 찢어질 듯 북북거리며 나오던 아빠의 방귀가 어느 날 똥구멍이 막힌 것처럼 '삐료료롱' 하는 맥 빠지는 소리를 냈을 때, 아하하 터지는 웃음이 아닌 '흐'와 '허' 사이의 어떤 발음으로 숨이 새어 나가는 정도의 웃음은 묘한 불안감을 일으켰다.

두 번째는 삼 일 전 아침의 일이었다. 평소보다 조금 일찍 일어나 학교 갈 준비를 마친 세환은 엄마가 아침을 차리는 사이 식탁에 앉아 유튜브를 보고 있었다. 개그맨이 직접 운영하는 채널인데, 시민을 상대로 웃긴 상황을 연출하여 반응을 보는 관찰 형식의 영상이었다. 그날 본 영상은 카페에서 무개념 행동을 하는 사람을 본 한 커플의 반응을 관찰하는 콘셉트였는데, 개그맨이 덥다며 겉옷을 벗는 순간 길게 드리워진 겨드랑이 털이 드러나자 커플이 웃음을 참지 못하고 마시던 음료를 뱉어 버렸다. 세환 역시 자신도 모르게 웃음을 터뜨리고 말았는데, 갑자기 느껴진 기운에 고개를 들어 보니 아빠가 내려다보고 있었다. 세환은 흠칫하며 반사적으로 영상을 껐다. 엄마가 아침 준비를 하는데 돕지는 못할망정 핸드폰이나 하고 있냐고 불호령이 떨어질 게 명백했기 때문이었다. 그런데 아빠의 반응이 의외였다.

"그 유튜브라는 거 말이야……."

"예?"

"아니다."

아빠는 고개를 휘휘 내젓더니 안방으로 들어가 버렸다. 국을 그릇에 담던 엄마의 손이 잠깐 멈췄던 것은 기분 탓이었을까.

세 번째는 바로 오늘 아침의 일이다.

"전 그렇게는 못 합니다, 맘대로 하세요!"

씻고 나왔을 때 들린 외침에 세환은 크게 놀랐다. 아빠가 거실에서 전화를 받고 있었던 모양이다. 세환을 발견하자, 신경질적으로 핸드폰을 주머니에 쑤셔 넣고는 그대로 마당으

로 나갔다. 금연한 지 오래되어 담배를 피우러 나간 것도 아
닌데 입고 있던 옷 그대로 나가서 마당을 여기저기 서성였다.

"우리 망하나?"

"재수 없는 소리!"

주명이 떽, 혀를 차며 일갈했다. 집안의 불길한 기분에 대
해 말하던 세환은 입맛을 다시며 뒷목을 긁었다. 당연히 그
렇게 되기를 바라는 건 아니다. 그런데 요즘 두 분의 모습이
이전과는 다른 데다, 무슨 일이 있느냐고 물어도 대답을 얼
버무리기 일쑤라 자꾸 안 좋은 생각을 하게 됐다.

"어른들이야 원래 많은 일이 있는 거 아니겠냐. 일일이 알
려고 들지 마."

주명이 그렇게 말해 주니 생각보다 위로가 됐다.

"알았어."

"재수 없는 생각하지 말고."

세환은 다시 한 번 알았다고 대답했다. 그런데 그 재수 없
는 말이 현실이 되어 버리고 말았다.

1980, 90년대를 다룬 드라마에서처럼 집행관들이 쳐들어
와 집 안에 빨간 딱지를 붙인 것은 아니다. 그렇다고 부모님
이 새벽에 세환을 깨워 동네를 뜨자고 한 것도 아니다.

그런데 세환은 그 현실을 아주 의외의 곳에서 마주해 버
렸다.

바로 유튜브 채널 '참교육의 날'에서.

채널의 새 알림이 뜬 것은 그날 점심시간이었다. 세환은 오늘도 선생님께 핸드폰을 제출하지 않았다. 주명이 그러다가 걸린다고 악담을 했지만 벌써 일주일째 한 번도 걸린 적이 없었다. 바로 알림을 누르고 영상으로 들어갔다. 5분 전에 올라온 섬네일을 확인하고 혀를 쯧, 찼다.

[음식 재사용 식당, 참교육!]

남이 먹던 음식을 다시 담아 다른 손님에게 준다니, 생각만 해도 속이 울렁인다. 제대로 혼 좀 나 봐야겠군, 그런 생각을 하며 영상을 플레이했다. 영상 초반, 참교육 형님은 어느 식당의 홀에 앉아 찜닭을 맛있게 먹는다. 찜닭을 보는 순간 세환은 '어? 우리 엄마 아빠도 찜닭 하는데.' 그런 생각을 하긴 했다. 그리고 30초도 되지 않아 기시감을 느꼈다. 여기…… 아는 곳이다.

아니, 아는 곳 정도가 아니라 바로 부모님의 식당이었다!

심장이 쿵쿵 뛰었다. 자신도 모르게 입이 벌어지고 숨이 잘 쉬어지지 않는 것 같았다. 피가 서늘하게 식는 것 같았다.

식사를 하던 참교육이 젓가락을 탁, 놓는다. 한숨을 푹 내쉬더니 찜닭 접시를 그대로 들어 화면에 가까이 들이댔다.

[얘들아, 여기 밥풀 보이니? 헐. 나 밥 안 시킨 거 봤지? 근데 밥풀이 들어 있다? 이게 뭔 일이냐? 이거 빼박 재사용 아니냐?]

참교육 형님이 큰 소리로 "사장님!"을 외쳤다. 얼굴이 가려진 남자가 다가온다. 세환은 누구인지 알 수 있었다. 아르바이트를 하는 기수다. 세환보다 나이가 두 배는 많지만 형이라고 자연스럽게 부를 정도로 편하게 지내고 있다. 참교육이 따지자 기수가 대답했다.

[흐, 흘린 것 같은데요.]

영상 속 참교육 형님과 동시에 세환의 입에서도 탄식이 터져 나왔다. 밥을 푸는 주걱으로 조리하는 것도 아닌데 밥풀이 들어간다는 게 말이 되는가. 당황해 하던 기수는 결국 다른 사람을 불러왔다. 다리밖에 보이지 않았지만 아버지가 분명했다.

그 뒤로 영상은 빠르게 돌려 감기가 됐다. 대화를 들을 수는 없었지만 아버지는 뭔가를 계속 설명하는 듯했다. 참교육은 가게를 나와 걸으며 멘트를 계속했다.

[얘들아, 내 성격 알지? 나 고생하시는 작은 가게 응원하기 프로젝트 때문에 일부러 먼 길 다니는데, 이렇게 양심 없는 가게 있으면 진짜 기운 빠진다. 나 끝까지 간다. 신고하고, 결과 나올 때까지 계속 추적할 거야. 이런 가게 때문에 양심 지켜서 일하는 영세 상인들까지 욕먹는 거야. 참교육 좀 제대로 해 줘야 되지 않겠니?]

그 뒤로는 참교육의 말이 제대로 귀에 들어오지 않았다. 요즘 어두웠던 엄마와 아빠의 분위기가 오버랩이 됐다. 유튜브 영상은 찍는다고 바로바로 올라오는 게 아니다. 편집을 거쳐서 나오기 때문에 어느 정도 시간이 걸린다. 혹시 참교육이 식당에 간 날이 일주일 전일까? 그래서 엄마와 아빠가 그렇게 다투신 건지도 모른다.

'솔직히 말해 봐. 정말 당신이 아주 잠깐 실수로라도……'

세환이 두 사람의 싸움을 목격한 날 아빠는 분명 엄마에게 그렇게 말했다. 이제 와 생각하니 딱 맞아떨어지는 것 같다. 음식을 만들어 접시에 담는 것은 모두 엄마의 역할이다.

'첫 끼 찜닭이네.'

댓글을 보는 순간 헉 소리가 났다. '첫 끼 찜닭'은 부모님의 식당 이름이다. 이미 구독자들은 식당이 어딘지를 찾아낸 것이다. 영상에서 간판을 적나라하게 찍거나 식당 이름이 언급된 것은 아니다. 다른 사람들의 초상권을 고려해 카메라 각도를 아래로 내리기 때문에 가게 인테리어가 자세히 나오지도 않았다. 하지만 식당에서 걸어 나오는 장면을 통해 동네가 정확히 노출됐다. 세환이 알기에도 인근에서 찜닭 집은 부모님이 운영하시는 곳이 유일하다.

"왜 그래?"

잔뜩 찡그린 세환의 얼굴을 본 주명이 물었다. 세환은 뭔가에 홀린 듯 대답했다.

"정말로…… 망하나 봐, 우리 집."

참교육에게 참교육을 당한 식당이 멀쩡하게 운영되는 걸 세환은 본 적이 없었다.

4.

식당 앞에서 세환은 머뭇거렸다. 학원을 가야 했지만, 종례가 끝나자마자 놀란 마음에 뛰어올 수밖에 없었다. 그런데 들어가서 무슨 말을, 어떻게 해야 하나 생각하니 쉽사리 발이 떼지지 않았다. 세환은 부모님을 좋아했다. 대부분의 자녀들이 다 그렇겠지만 그 좋아함의 기반은 존경이었다. 부모님은 세환이 본 지난 15년 동안 성실하지 않은 적이 없었다. 아침마다 가게 앞을 쓸고, 인도의 블록 사이사이에 난 잡초를 손으로 일일이 뽑았다. 거기는 가게 마당도 아니고, 우리 소유 땅도 아닌데 왜 청소하느냐는 말에 부모님은 다정하게 웃으며 대답했다.

"내 가게 앞이고, 손님들이 밟고 오실 길 아니냐. 깨끗해야 기분이 좋지."

아버지는 새벽마다 직접 시장을 갔다. 당근이며 양파까지 품질을 보고 사야 속이 편하다고 했다. 다른 집들과는 다르게 김장도 직접 담갔으며, 고춧가루는 전부 국내산으로만 썼다. 당연히 재료 원가가 비싸졌지만, 음식 가격은 7년째 동결이다. 그래서 맛집 블로거들의 가성비 최고 식당에 자주 이름을 올렸었다.

하지만 영원한 건 없다. 이래저래 이름을 날리니 이제 와 슬쩍 음식 값을 올릴 수도 없고 하여, 결국 주방에서부터 문제를 일으킨 건 아닐까? 버려지는 음식을 빼 두었다가 섞어서 중량을 맞췄을지도 모른다……. 그런 생각을 하니 세환은 속이 울렁거리는 것만 같았다. 자신도 이런데 실제로 음식을 먹은 사람들은 어떨까. 그렇게 보면 악플을 쓰는 사람들의 심정도 이해할 만했다.

이제 곧 학교 아이들도 전부 알게 되겠지. 세환은 같은 반의 아이들 몇 명을 식당에 데려왔던 일이 떠올랐다.

'유튜브에 올라온 그 비양심 식당 봤지? 그거 쟤네 집이잖아.'

수군대는 소리가 들리는 것만 같았다. 그래서 인지도 모르겠다. 부모님의 얼굴을 마주하면 화를 낼 것만 같아 쉽사리 안으로 들어갈 수 없었다.

그냥 돌아갈까, 생각하는데 가게 문이 열리며 기수가 나왔다. 그는 올해 서른 살로, 뒤늦게 군대에 가는 바람에 작년에 제대를 했고, 직장을 구하며 아르바이트를 병행하는 중이었다. 가게에서 서빙을 맡고 있는데 성실하고 일을 잘해 아버지가 정식 직원으로 일하면 어떻겠느냐고 제안한 상태라고 알고 있다. 점점 손님이 늘어 서빙 알바와 주방 직원까지 뽑아야 하는 상황이라 직원 관리를 포함해 매니저급으로 일하자는 제의였다. 하지만 이제는 그것도 물거품이 된 셈이다. 장사를 하지 못하니 직원을 둘 수 있을 리 없다.

기수가 나오느라 열린 문 틈으로 보이는 휑한 가게 내부가 그걸 확인시켜 주었다. 손님은 하나도 없고 가게 안은 깜깜했다. 기수는 세환을 발견하고는 곤란한 얼굴을 했다.

"사장님 안 계시는데……."

영상은 고작 몇 시간 전에 올라왔다. 그러니 아직 세환이 사태를 모른다고 생각할 터였다.

"어디 가셨는데요?"

"아, 그게……. 오늘 몸이 좀 안 좋으셔서 일찍 들어가셨어."

어색하게 뺨을 긁는 기수의 태도에서 거짓말을 하고 있다는 게 그대로 드러났다. 유튜브에서 엄청난 속도로 악플이 올라오는데 식당에 항의 전화가 빗발치지 않았을 리가 없다. 그러니 오늘 영업을 중단했을 테다. 그런데 문제는 이 중단이 언제까지일지 모른다는 것이다.

"형, 손가락……."

세환은 뺨을 긁는 기수의 손가락 끝에 붙은 밴드를 가리켰다. 기수가 어색한 웃음을 지으며 손을 주머니에 넣었다.

"좀 데었어."

세환은 마음이 좋지 않았다. 기수는 말이 아르바이트지 세환이 봐도 직원급 이상으로 책임감 있게 일해 왔다. 바쁠 때 식사 시간을 제대로 지키지 못하는 것은 예사다. 배가 고플 테니 간식이라도 먹으라고 김밥을 사다 주어도 손님들 있는 데서 우물우물 씹고 있으면 좋아 보이지 않는다며 손도 안 댄다는 얘기를 아버지로부터 몇 번이나 들었다. 처음에는 가게 형편이 어려웠지만 지금은 다르니 브레이크 타임을 두라고 세환이 조언한 적도 있었다. 그렇게 자기 식당처럼 일하던 형이니, 지금의 실망감은 자신보다 더 할지도 모른다.

"나 유튜브 봤어요."

"아…….."

기수의 입술이 살짝 벌어졌다. 곧 나직한 한숨을 내쉬었다.

"항의 전화가 너무 심해서 오늘은 영업 못 할 것 같아."

예상했던 대로다. 세환은 조금 주저하다 물었다.

"사실이에요? 음식 재사용?"

"나야 모르지. 주방은 전적으로 두 분이 담당하시니까. 언젠가부터 음식쓰레기가 덜 나오긴 했는데……."

곧 기수는 아차 싶은 얼굴로 덧붙였다.

"근데 사장님이 그럴 리가 있겠냐. 얼마나 양심적인 분인데. 무슨 오해가 있을 거야."

네, 하고 대답했지만 세환의 목소리는 탁했다. 대체 어떤 오해가 있으면 금방 주문해서 나온 찜닭에서 밥알 덩어리가 나올 수 있나.

세환은 기수에게 인사를 하고 집으로 돌아왔다. 문을 열고 들어왔을 때 집 안은 적막했다. 아무도 없는 줄 알았는데 거실 소파에 아버지가 앉아 있어서 놀랐다. 세환이 들어오자 어두운 얼굴을 들었다. 왠지 아버지의 얼굴을 마주하기가 힘들어 시선을 피했다.

"엄마는요?"

"몸이 안 좋아서 일찍 들어가 누웠다."

"가게에 갔다가 왔어요."

순간 아버지가 미간을 구기며 쯧, 소리를 냈다.

"이미 유튜브 봤어요. 보고 갔던 거예요."

아버지는 고개를 떨어뜨리더니 더 이상 아무 말도 하지 않았다. 세환 역시 뭐라 할 말이 없어서 몸을 돌려 자신의 방 쪽으로 향했다.

"미안하다."

흠칫 놀라 걸음을 멈추고 아버지 쪽을 봤다.

"네가 알 정도면 친구들도 다 알았겠지. 네가 곤란해지는 거 아니니? 난 유튜브라는 게 이렇게 대단한 건 줄 몰랐다. 이럴 줄 알았으면……."

말을 하던 아버지가 입을 다물고 고개를 숙인 채 좌우로 저었다. 이제 와 후회하면 뭐 하냐는 뉘앙스가 담긴 고갯짓이었다.

방으로 들어온 세환은 교복도 벗지 않은 채 침대에 벌러덩 드러누웠다. 생각을 멈추고 싶은데 마음처럼 쉽지 않았다.

엄마 아빠가 요즘 계속 사이가 좋지 않았던 것도 다 그 영상 때문이었을 것이다. 언제부터였을까? 대략 일주일쯤 된 것 같았다. 영상에는 없었지만 참교육은 영상을 찍은 뒤 식당에서 그냥 나오지 않았을 것이다. 그런 영상을 찍었다는 사실을 당연히 알렸을 것이다.

'영상을 올리지 말아 달라고 매달렸을까?'

태양 같은 웃음을 짓던 아버지가 매달리는 모습을 상상하니 가슴이 미어질 것 같았다.

'그래서 나보고 어쩌라고?'

'솔직히 말해 봐. 정말 당신이 아주 잠깐 실수로라도……'

엄마와 아빠가 다투던 목소리가 생생히 귓전을 맴돌았다. 아빠는 엄마를 의심하며 다그쳤던 걸까? 재료 준비는 아빠가 해도 실제 조리는 주로 엄마가 맡으니 원망을 했을 수 있다. 엄마의 억울한 외침이 세환을 괴롭게 했다.

지금쯤 얼마나 많은 악플이 달렸을까? 식당이 전화를 받지 않으니 네티즌들이 더욱 폭발했을 것이다. 보고 싶지도 않았다. 세환이 고개를 세차게 젓는데 카카오톡 수신음이 울렸다.

5.

문자를 받은 세환은 '오늘은 노노'라고 답변을 보내려다가 마음을 바꿔 접속했다. 하지만 게임을 시작하지는 않았다.

"그래서 지금 집안 분위기가 엉망이야."

세환의 목소리가 헤드폰 마이크를 통해 주명에게로 전달됐다. 접속은 하지만 게임을 하지 않고 실컷 떠드는 일도 많다. 그러려면 차라리 전화 통화를 하면 되지 왜 게임에 접속해서 떠드는 거야? 하고 묻는 사람도 있지만, 세환도 그건 모른다. 남들이 다 그렇게 하니 자신도 그러는 것뿐이다.

[야, 근데 좀 이상하지 않냐?]

주명의 목소리도 세환의 헤드폰을 통해 전해져 왔다.

[너희 아버지가 그랬다며? 마음대로 하라고.]

"어. 아무래도 영상 찍고 나서 참교육 형님이 통보했겠지."

[넌 이 와중에도 형님이냐? 생각을 해 봐. 이런 걸 찍었으니 영상 올릴 거예요, 라는 말의 대답에 '마음대로 해!'가 어울리냐?]

세환은 주명이 무슨 말을 하고 싶은지 언뜻 이해가 가지 않았다. 세환의 생각에는 크게 이상이 없는 대화 같았다.

"영상을 올린다는데 우리 아빠가 순순히 '그러세요' 했겠

냐. 올리지 말아 달라고 하다가 안 되니까 홧김에 마음대로
하라고 했겠지."

[물론 그럴 수도 있지만……. 나는 좀 다른 생각이 드는데?]

"무슨?"

[돈.]

그 말은 바로 알아들을 수 있었다. 음식 재사용 영상을 올
리지 않는 대가로 돈을 요구했다는 뜻이다. 알아듣기는 했지
만 금세 수긍은 되지 않았다. '참교육의 날' 채널을 구독해
온 것만도 8개월이다. 그간 참교육이 올린 영상은 소비자를
우롱하는 비양심적인 행각에 철퇴를 내리쳤다. 많은 영업장
이 잘못을 사과하고 고치거나 폐업했다.

"그럴 리……."

그럴 리가 없다, 라고 하려다가 세환은 깨달았다. 지금 자
신이 누굴 믿고 있는 것인가.

그런 기색을 눈치챘는지 주명이 나직이 한숨을 쉬었다.

[일단 아버지한테 잘 좀 물어 봐. 상황이 어떻게 되어 가는지. 진
짜로 음식 재사용을 한 거면 차라리 인정하고 빨리 사과하는 게 나
을 수도 있어.]

주명의 그 말은 세환의 머릿속에 잘 입력되지 않았다. 세환
은 주명에게 대충 인사를 하고 배그에서 빠져 나왔다. 세환
은 아랫입술을 잘근 깨물며 생각에 빠져들었다.

그러고 보니 분명 아버지는 '전 그렇게는 못 합니다'라고 했다. 주명의 말이 맞다. 어떤 식으로든 요구가 있지 않았다면 나올 수 없는 말이다. 아무리 생각해 봐도 아버지에게 상황을 확인하는 게 가장 빠르고 확실한 방법이었다. 주명의 말대로 잘못을 했다면 대책을 강구해야 한다. 그동안 '참교육의 날' 채널을 보면서 깨달은 것은 고의든 아니든 잘못을 했으면, 빨리 인정하고 사과한 뒤 책임지고 이를 고치는 것만이 상황을 벗어나는 가장 적절한 대책이라는 사실이다. 유튜브를 통해 이런 사태를 많이 봐 온 만큼 세환은 아버지의 이야기를 듣고 자신이 조언을 해야만 한다고 생각했다.

　거실로 나가자 아버지가 주방 식탁에 앉아 있었다. 식탁 위에 이미 절반쯤 비운 소주병이 보였다. 둥글게 구부리고 있는 아버지의 어깨를 보자 가슴속에서 뭔가가 찌르르 하고 울렸다.

　"아버지."

　아버지가 고개를 들었다.

　"나는, 한 번도 그렇게 장사한 적이 없다."

　아버지의 얼굴이 불콰했다. 한 번도 이런 모습을 본 적이 없어 마음이 더 상했다.

　"알아요."

　말은 그렇게 하지만 일단 음식에서 밥 덩어리가 나왔다는 것은 팩트였다. 사진이면 조작이라고 할 수도 있지만 영상이다. 식당에 들어가는 것부터 음식이 나오기까지 타임 랩스로 빨리 돌리기는 했지만 끊긴 적은 없다. 조작이 아니라는 말이다.

세환은 아버지 맞은편에 앉았다.

"한 가지 궁금한 게 있어요."

아버지가 세환을 물끄러미 응시했다.

"며칠 전에 통화하시는 거 들었어요. 마음대로 하라고 소리 지르던 거."

아, 하고 아버지가 고개를 끄덕였다. 세환이 물었다.

"그때 통화한 거 그 유튜버죠? 아버지, 혹시…… 그 사람이 돈을 달랬어요?"

아버지는 세환을 빤히 응시했다. 그 시간이 길게 느껴졌다. 돈을 요구받았는지 아니었는지, 세환은 자신이 어떤 대답을 기다리는지 헷갈렸다.

이윽고 아버지의 고개가 움직인 순간 세환은 가슴에 뭔가 쿵, 하고 떨어지는 것 같은 충격을 받았다. 아버지의 얼굴이 위아래로 움직였기 때문이다.

"돈을 달라고 하더라. 동영상을 안 올리는 대신 성의는 좀 보여야 되지 않겠느냐고. 근데 그걸 주면 인정하는 거잖니. 나는 절대 그럴 수가 없었어."

"엄마는 뭐래요?"

"엄마도 억울하다고 하지."

세환은 고개를 끄덕였다.

"어떻게 하실 생각이세요?"

"모르겠어. 사과하는 건 인정하는 건데……. 우린 한 번도 그렇게 장사한 적이 없어. 대체 왜 그런 일이 벌어졌는지도 모르겠고."

방에서 나올 때까지만 해도 세환은 차라리 인정하고 사과하는 게 제일 좋은 방법이라고 아버지를 설득하려 했었다. 그러나 생각이 바뀌었다. 세환은 아버지에게 사과하라고 말할 생각이 완전히 없어져 버렸다. 세환은 자신이 지금껏 봐 왔던 '참교육'의 참모습이 뒤흔들리는 것을 느꼈다.

음식을 재사용한 동영상을 찍어서 항의하고 경고하는 게 아니라 돈을 요구한다. 이에 응하지 않으면 식당을 유추할 수 있을 법한 내용을 담은 영상을 업로드해 버린다. 직접적으로 언급하지 않기 때문에 명예훼손도 교묘히 빠져나간다. 지금까지 얼마나 많은 식당이 이런 식으로 당했을까? 반대로, 돈을 줬다면 어땠을까?

주명의 말이 맞았다. 이제야 세환은 그동안 후원금에 따라 댓글을 읽어 주거나, 읽어 주지 않던 참교육의 모습이 달리 보이기 시작했다.

세환은 곧장 일어나 다시 방으로 돌아갔다. 핸드폰을 들고 유튜브에 접속했다. 알고리즘이 선택해 준 영상들이 주르륵 뜰 뿐, 아무리 찾아도 세환이 원하는 항목은 보이지 않았다. 세환은 컴퓨터를 켜고 포털 사이트에서 검색해 보기로 했다.

[유튜브 영상 신고]

다행히 유튜브 고객센터에 신고 접수를 할 수 있는 링크가 바로 떴다. 앱에서는 찾을 수 없던 페이지다. 세환은 얼른 클릭해 들어갔다.

몇 가지 신고 목록 중에서 고민 끝에 법적 문제 신고를 클릭했다. 또다시 몇 개의 목록이 떴다. 상표권, 모조품, 명예훼손, 기타 법적 문제, 저장 음악에 관한 정책, 기타 법률위반 사항 신고.

'명예훼손이겠지?'

좀 복잡하다는 생각을 하며 클릭한 순간 세환은 좌절하고 말았다.

[유튜브의 명예훼손 차단 절차는 현지 법적 사안을 고려하며 경우에 따라서 법원 명령을 필요로 합니다.]

세환은 낮은 한숨을 흘렸다. 그러니까 결국 법적으로 처리한 뒤에야 유튜브가 관여할 수 있다는 것이다. 그래도 '경우에 따라서'라는 말에 희망을 걸며 인터넷에 검색을 해 봤다. 이미 기존에도 초상권 침해 등의 피해를 본 사람들이 신고를 했지만, 유튜브 측에서는 요청자가 피해 사실을 입증하라며 방관했다는 뉴스들이 눈에 띄었다. 세환이 아무리 아버지는 결백하니 영상을 지워 달라고 말해 봐야 소용없다는 뜻이다. 세환의 믿음 따위는 증거가 되지 못할 게 분명했다.

세환은 '참교육의 날' 채널로 들어갔다. 아버지의 식당 관련 영상은 꽤 높은 조회 수를 기록하고 있었고, 댓글 역시 눈을 뜨고 봐 줄 수가 없었다. 잠시 고민한 세환은 영상에 댓글을 달았다.

[영상에서 언급된 식당의 사장님이 저희 아버지입니다. 아버지는 지금까지 양심적으로 식당을 운영해 오셨고, 어머니 역시 한 번도 손님을 기만하는 행위로 음식을 만들지 않으셨습니다. 그것만큼은 제가 실명을 걸고 자신할 수 있습니다. 그렇다고 하여 '참교육' 님의 영상이 조작됐다고 말하는 것은 아닙니다. 식사 중 발견된 이물질로 불쾌하셨던 점 충분히 공감하며 깊이 사죄드립니다. 어떤 경위로 음식에 밥풀이 들어갔는지를 확인해 반드시 설명을 드리고, 저희에게 문제가 있다면 사과하고 고쳐 나갈 것입니다. 그때까지 조금만 기다려 주시고, 욕설이 담긴 무분별한 댓글은 자제 부탁드립니다.]

영상 자체나 참교육의 진면모가 거짓이라는 뉘앙스를 주었다가는 이쪽이 명예훼손으로 걸릴지도 모른다. 고심을 거듭해 남긴 댓글은 30분도 지나지 않아 삭제됐다. 당연히 '참교육' 측에서 지운 것이다. 세환은 아랫입술을 잘근 깨물었다.

어떻게든 방법을 생각해 내야만 한다.

6.

지도 찾기 앱을 수시로 확인해 가면서 골목 안쪽으로 들어섰을 때부터 세환은 내내 긴장 상태였다. 술집과 모텔이 밀집해 있었고, 술에 취해 팔자를 그리며 걷거나 여기저기 토하는 사람들, 그리고 술집에서 나와 담배를 피우는 어른들이 세환을 빤히 보기만 해도 왠지 죄를 짓는 기분이 들었다. 술 마시러 온 거 아니라고요, 라며 변명하고 싶은 심정을 꾹꾹 눌러 담은 채 드디어 목적지 앞에 도착했다.

세림 고시원.

오래되고 낡아 여기저기에 생긴 균열을 대충 메꿔 놓은 건물을 올려다봤다. 이 건물 201호가 기수가 사는 곳이다. 가게가 임시 휴점 상태라 기수는 가게에 나오지 않는다. 주소는 이력서를 모아둔 가게의 서류함에서 찾아냈다.

아빠는 기수가 실제 일한 것 외에 두 달치 아르바이트비를 더 주기로 했다고 했다. 억울하지만 결백이 밝혀지지 않으면 최악의 경우 영업정지를 받을 수 있는 데다, 운 좋게 그것을 피한다 해도 예전만큼의 수익이 날지 가늠키 어렵기 때문이라고 했다. 다른 일자리를 구할 때까지의 생활비라고 했지만, 개인적 사정이야 어떻게 됐든 솔직히 세환은 기수에게 서운

했다. 그동안 세환이 아는 것만 해도 부모님이 기수를 배려해 준 게 몇 차례나 된다. 기수 어머니의 수술로 기수가 간병을 해야 할 때도 아빠는 아르바이트를 빼준 것뿐만 아니라, 급여도 정상적으로 지급했다. 그 기간에 다른 단기 아르바이트생을 구했으니 아버지 쪽의 손해가 더 크다. 뿐만 아니라, 수술비에 보태라며 흰색 봉투를 건네주던 것을 세환도 봤다. 명절이면 명절, 여름휴가면 휴가, 한 번도 그냥 넘어간 적이 없었다. 그 정도면 직원도 아닌 아르바이트생에게 배려할 만큼 했다고 세환은 생각했다. 그런데 정작 이쪽이 어려울 때는 받아야 할 모든 것을 받아 간다니. 어쩔 수 없이 미운 마음이 고개를 치켜들었다.

"기수 형."

고시원 안으로 들어가려는데, 마침 기수가 나오고 있었다. 손에 들린 박스 속으로 플라스틱 페트병이 보였다. 분리수거장에 가는 길인 모양이다. 기수는 세환을 보자 멈칫하며 눈을 휘둥그렇게 떴다.

"세환아, 웬일이야? 사장님한테 무슨 일 있어?"

"잠깐…… 물어 보고 싶은 게 있어서요."

기수의 눈썹 끝이 가라앉으며 팔자를 그렸다.

"그 영상 때문이구나. 그럼 잠깐 들어올래?"

세환은 고개를 끄덕였다. 기수는 얼른 분리수거장으로 뛰어가 들고 있던 박스를 던져 놓고 돌아왔다.

기수의 방은 놀랄 만큼 작았다. 뉴스에서 본 적 있지만 실제로 들어와 보니 정말 좁았다. 문을 열고 들어서자마자 맞은편 벽이 코앞에 와 있는 것 같았다. 창문도 없다. 1인 룸이 별도로 갖춰진 스터디카페를 생각하면 여기서 공부는 할 수 있겠지만, 먹고 자고 생활까지 해야 한다니. 숨은 쉴 수 있는 건가.

멍하니 서 있는 세환을 지나쳐 기수가 먼저 침대에 걸터앉았다. 자신을 보는 시선을 느끼고 세환도 기수를 따라 침대에 엉덩이를 붙이고 앉았다. 세환은 시선으로만 방 안을 훑었다. 고개만 살짝 돌려도 방 안의 모든 것을 볼 수 있었다. 침대에 바짝 붙어 있는 작은 책상 벽에는 가정용 프린터로 인쇄한 것처럼 보이는 조잡한 사진들이 빼곡히 붙어 있었다. 전부 도심이 보이는 풍경 사진으로 어딘가 건물 내부에서 찍은 듯 창밖으로 보이는 풍경들이었다. 세환이 뭘 보는지 알아챈 기수가 멋쩍게 웃으며 말했다.

"유튜브 브이로그에서 캡처한 거야. 자취생들 브이로그. 전부 원룸이긴 하지만 한강도 보이고, 국회의사당이 보이는 집도 있어. 오피스텔형 원룸. 제대로 취직하면 그런 데서 살고 싶어."

세환은 고개를 끄덕였다. 대화가 끊어지자 잠깐 정적이 찾아들었다. 그 정적을 깬 것은 기수였다.

"근데 무슨 일이야? 나한테 물을 게 뭐야?"

세환은 눈을 한 번 꾹 감았다 떴다. 그러고는 기수를 곧게 응시했다.

"참교육이랑 연락되세요?"

기수가 눈을 크게 떴다. 입가가 미세하게 떨린 것도 같다.

"그 사람 연락처야 사장님이 갖고 있겠지."

"아무리 전화해도 안 받아서요."

"아, 그래서 나한테 연락해 달라고 하는 거야? 내 전화번호로?"

"네. 형 전화는 받겠죠."

눈에 띄게 기수의 얼굴이 굳어졌다.

"무슨 뜻이야?"

"그 밥풀 넣은 거 형이잖아요. 참교육이 시켜서."

"뭐? 그게 무슨 말도 안 되는 소리야!"

기수가 펄쩍 뛰었다. 그만큼 목소리도 높게 올랐다. 누군가 벽을 쾅쾅 두드렸다. 기수가 무서운 얼굴로 노려봤지만 세환은 침착했다.

"일단 음식을 재활용했다는 부분에 대해 생각을 해보자고요. 찜닭 안에서 밥풀 덩어리가 나왔으니 다른 손님이 먹던 찜닭을 모아서 다시 내왔다는 얘기겠죠?"

세환은 가방을 열고 종이 뭉치를 꺼냈다.

"이게 그날 매출 내역이에요. 참교육이 오기 전까지 총 열두 팀의 손님이 있었고요, 그중 두 팀을 제외한 열 팀이 밥을 볶아 먹었어요. 이게 무슨 뜻인지 아세요? 밥을 볶지 않은 두 팀이 만약 찜닭을 남겼다 해도 거기에는 밥풀이 없었을 테고, 밥을 볶은 사람들은 찜닭을 다 먹어서 애초에 재활용할 음식이 없었다는 거예요."

기수는 입을 다문 채 세환의 손에 들린 종이만 노려봤다.

"그럼 우리 부모님이 음식을 재활용한 게 아니죠. 혹시 실수로 들어갔을까요? 아뇨, 우리 가게 시스템만 잘 생각해 봐도 금방 알 수 있어요. 우리는 찜닭집이에요. 가끔은 공기 밥도 팔리지만 대부분 나중에 밥을 볶아 먹죠. 그날 매출을 확인해 봤더니 공기 밥은 전혀 팔리지 않았어요. 손님이 다 먹은 찜닭 접시를 주방으로 가지고 와서 남은 소스를 냄비에 부어서 밥을 볶고 그 냄비째 손님에게 다시 내드리죠. 그럼 이 과정에서 밥풀이 튀어 들어갔을까요? 아뇨, 그것도 불가능해요. 형도 알겠지만 우리 가게 찜닭은 압력솥으로 찌잖아요. 조리가 끝날 때까지 솥뚜껑을 열지 않아요."

"무슨 말을 하는 건지 모르겠네."

"지금 밥풀을 찜닭에 넣을 수 있는 사람은 형뿐이라는 말을 하는 거예요."

"뭐?"

기수는 이번에는 소리를 지르지 않았다. 다만 얼굴을 잔뜩 일그러뜨리고 있었다.

"하지만 형은 서빙만 보는 사람이에요. 조리는 모두 주방에서 하는데 어떻게 밥풀을 구할 수 있겠어요?"

"그, 그렇지."

기수의 표정이 은근슬쩍 풀어졌다.

"밥풀을 구할 수 있는 건 딱 한순간뿐이죠. 주방에서 냄비에 밥을 볶아서 건네받을 때요. 손님상에 가기 전에 밥을 조금 훔쳤죠? 그래서 다친 거죠? 뜨거운 냄비에 손을 넣는 바람에."

"아, 아니야."

기수는 손을 빼려 했지만, 세환은 더 강한 힘으로 그의 손을 잡아챘다.

"이거, 칼에 다친 거예요, 아니면 화상인가요?"

"아니라고!"

기수가 손을 거칠게 뿌리쳤고 다시 커진 목소리에 옆방에서 벽을 탁탁 두드렸다.

"네. 형은 아니라고 말하겠죠. 하지만 저는 형이 했다고 생각해요. 그리고 참교육의 부탁을 받은 거라면 어떤 식으로든 형이 대가를 받았겠죠? 그래서 저는 경찰에 신고할 생각이에요."

"뭐?"

기수의 눈 깜박임이 빨라졌고 입술 안쪽을 잘근거렸다. 상대가 평범한 중학생이라면 얼마든지 윽박질러서 쫓아 버릴 수 있다. 하지만 경찰은 다르다. 계좌 추적이든 뭐든 해서 금방 증거를 잡아 낼 것이다. 전화 통화나 길에서 만난 것도, 통신 내역과 CCTV를 찾아보면 다 나온다.

돌연 기수가 세환의 손을 거머쥐었다. 그러고는 쿵 소리가 나도록 침대 옆 바닥에 무릎을 꿇었다. 이번에는 아래층에서 항의하지 않을까 하는 생각이 들 정도였다.

"잘못했어. 진짜 잘못했어. 돈을 준대서 그만……. 내가 죽일 놈이야. 한 번만 봐 주라."

"아뇨. 못 봐 줘요. 우리 엄마아빠가 당한 고통만 생각해도 봐 줄 수가 없어요."

"안 돼. 나 처벌이라도 받아서 기록이 남으면 취직도 못 해. 제발……."

기수는 부여잡은 세환의 손에 기도라도 하듯 이마를 대고 빌기 시작했다. 진짜로 눈물을 흘리는지는 보이지 않았다.

7.

연락을 받은 세환의 아버지가 헐레벌떡 가게로 달려왔다.

아버지의 얼굴은 상기되어 있었다. 세환은 아버지가 득달같이 달려들어 기수의 멱살을 잡아 올리지 않을까 생각했지만, 그 예상은 빗나갔다. 가게 안으로 달려들어 온 아버지를 발견한 기수가 무릎을 털썩 꿇자 아버지는 멈칫해서는 한참이나 그를 내려다봤다. 달려오느라 헐떡이는 가슴이 잦아들 때쯤 세환이 말했다.

"경찰에 신고하고 법적으로 대응해요. 사과 영상 올리게 하면 유명인이니까 기사도 날 거고, 그럼 누명 벗을 수 있어요, 아빠."

기수를 노려보며 세환이 휴대폰을 들었다. 기수는 어깨를 움찔했지만 세환을 막지는 못했다. 정작 세환을 붙잡은 것은 아버지였다.

"신고하지 마라."

세환은 순간 자신이 잘못 들은 줄 알았다. 그러나 눈을 휘둥그렇게 뜨고서 아버지를 올려다보는 기수를 보고 아버지가 한 말이 맞다는 것을 깨달았다. 아버지가 말했다.

"취업 준비 중이잖니. 멀쩡해도 취업하기 힘든데 이런 일이 이력에 남으면 곤란하다."

아버지는 기수를 일으켰다.

"네가 그런 선택을 할 정도로 생활이 곤란한 걸 몰랐어. 미안하다."

"사장님, 죄송해요. 정말 잘못했습니다."

이제야 기수의 눈에서 떨어지는 그야말로 닭똥 같은 눈물이 보였다. 아버지는 기수의 어깨를 두드리고는 세환을 향해 고개를 돌렸다.

"기수를 노출하지 않고 어떻게 안 되겠냐?"

솔직히 세환은 이대로 넘어가기가 분했다. 저렇게 걱정해 주는 아버지의 마음을 배신했으니까. 하지만 순간 기수의 고시원 방이 떠올랐다. 연신 고개를 조아리는 기수를 보자 순간적으로 입술을 질끈 깨물었다.

세환은 잠시 생각에 잠겼다. 답은 간단했다. 어쨌든 문제의 출발이 참교육에게 있으니 참교육이 끝내도록 하는 것밖에는 방법이 없다.

세환은 아버지에게 받은 번호로 참교육에게 전화를 걸었다. 그러나 받지 않았다. 아버지의 전화도, 심지어 기수의 전화도 받지 않았다. 한번 이용했으니 버리겠다는 건가. 세환은 그동안 올라온 참교육의 동영상 속에 얼마나 많은 피해자가 있었을까를 생각하며 몸을 떨었다.

"전화도 받지 않고, 경찰에 신고할 수도 없으니 어떻게 하면 좋겠냐?"

"방법은 하나뿐이죠."

세환은 스윽 고개를 돌려 기수를 노려봤다.

"무릎 꿇어요, 형."

기수가 깜짝 놀랐고 아버지는 말리려 했지만, 단순히 사죄의 목적이 아니었다. 세환은 기수가 무릎 꿇은 모습을 사진으로 찍었다. 그러고는 바로 참교육의 번호로 전송했다. '그럼 경찰서에서 만나시죠'라는 메시지를 달아서.

참교육에게 전화가 온 것은 1분도 채 지나지 않았을 때였다. 벨이 울린 곳은 문자를 보낸 세환이 아닌 기수의 휴대폰이었다. 기수는 벨이 울리는 휴대폰을 손에 든 채 세환의 눈치를 살폈다. 세환이 턱짓을 하자 기수가 전화를 받았다.

스피커폰으로 받은 것도 아닌데 참교육이 내지르는 소리가 여실히 들려왔다. 꼬리가 잡힌 기수에게 화를 내면서도, 자신이 이 일을 시켰다는 증거가 없지 않느냐고 하는 것 같았다. 벌써부터 발을 뺄 생각인가 싶어 세환이 전화를 건네받으려는 순간 기수가 상당히 기죽은 목소리로 말했다.

"증거 있어요. 현금으로 돈 줄 때 녹음했어요."

전화기 너머에서 들려오던 참교육의 외침이 딱 끊겼다. 아버지가 기수의 전화를 넘겨받았다.

"제가 누군지 말 안 해도 알죠? 식당으로 오시죠. 나눌 이야기가 있을 것 같은데요."

세환은 아버지의 그런 목소리를 들어 본 적이 없었다. 침착하고 나직하지만 냉랭함이 감도는 목소리.

참교육은 아버지의 말을 거부하지 못했다. 뉘앙스에서 지금이 마지막 기회임을 감지한 듯했다. 참교육은 검은색 티셔츠에 검은색 바지를 입고 고개를 숙인 채 가게 문을 열고 들어왔다. 그동안 그렇게나 환호하며 봤던 사람이 눈앞에 있지만 세환은 조금도 신기하거나 반갑게 느껴지지 않았다. 참교육은 세환과 아버지를 번갈아 보더니 허리를 푹 숙였다.

"잘못했습니다. 한 번만 살려 주십시오!"

그 후의 과정은 참으로 눈뜨고 못 봐 줄 것들이었다. 아버지가 자작극이었음을 인정하고 시금까지 벌인 일을 모두 밝히라고 요구할 때마다 참교육은 계속 한 번만 봐 달라며 고개를 조아렸다. 세환은 저러다 참교육의 머리가 아예 땅에 박히는 건 아닐까 싶었다.

하지만 참교육은 역시 영악한 인간이었다. 지금까지 이런 식으로 사기를 쳐 왔다는 것을 절대 인정하지 않았고, 이번이 처음이라는 입장을 고수했다. 게다가 아버지가 이 일을 경찰에 신고하지 않으려 한다는 낌새를 알아차리고는 금세 협상을 하려 들었다.

"사장님 식당 관련 영상 삭제하고요, 라방 켜서 사과할게요."

아버지가 어리둥절한 얼굴을 하기에 세환이 '라방'은 '라이브 방송'의 줄임말이라고 귀띔해 주었다. 참교육은 울상을 지으며 말했다.

"저 한 달 수익만 몇천인 100만 유튜버예요. 이것만 해도 협찬이랑 광고 다 떨어져 나가고 구독자 엄청 떨어질 거예요. 유튜버로서 사형선고나 다름없다고요. 그러니 이 정도로 봐주세요, 제발요. 진짜로 다른 가게에는 안 그랬어요."

가슴 앞에 두 손을 모아 흔들며 사정하는 참교육의 모습은 처절하고 추했다. 세환은 그를 응시하다가 물었다.

"후원금으로 좋은 일 하긴 했어요?"

"해, 했지."

"전부 다요? 내역 공개할 수 있어요?"

참교육은 눈알을 또르르 굴렸다.

"얼마나 하겠다고 말한 적은 없잖아. 그건 사기로 성립이 안 되지."

그날 저녁 참교육은 약속대로 라이브 방송을 했다. 검은 셔츠를 입고 푸석한 얼굴로 카메라 앞에 앉아 있었다. 세환은 가끔 유튜버들이 여러 가지 논란으로 사과 방송을 하는 것을 본 적이 있는데, 지금 참교육을 보니 사과하는 사람들에게 정해진 드레스 코드가 있는 게 아닐까 싶었다.

참교육은 사과를 했으나 역시 교묘함을 잃지 않았다.

'조작은 했으나 업로드할 주기를 맞추려다 보니 조급해져서 저지른 한순간의 실수였다.'

기수에게 돈을 주고 사주한 것을 솔직하게 말하지 않은 채 어떤 식의 조작을 했는지도 밝히지 않았다. 그리고 고의를 실수로 포장했다.

'진심으로 사과했고, 점주에게 용서를 받았다.'

그 사과가 진심이었을까? 우리가 용서를 한 것일까? 세환은 알 수 없었다.

그가 한 말들은 사실이기도 했고, 아니기도 했다.

어쨌든 참교육의 인정으로 많은 여파가 일어났다. 참교육의 영상에는 악플이 줄을 이었고, 가게로는 더 이상 항의 전화가 오지 않았다. 참교육이 조작 영상을 올렸다는 기사들도 속속 올라왔다. 하지만 그뿐이었다. 악플이 달렸다는 것은 그만큼 영상 클릭 수가 늘었다는 말이다. 참교육은 자숙하겠다고 선언했을 뿐, 채널을 폐쇄하지 않았다. 참교육에게 당한 것 같다는 식당의 점주들이 고소를 진행한다는 소식이 들려왔지만, 증거가 없는 이상 승소할 가능성은 희박하다고 했다. 아버지의 가게로 항의 전화는 오지 않았지만, 여전히 손님도 오지 않았다. 나쁜 소식은 빠르지만 그것에 대한 해명이나 경과에는 사람들이 얼마나 관심이 없는지를 세환은 생생히 눈앞에서 보는 기분이었다.

그렇게 아버지의 식당은 폐업의 길로 들어갔다.

8.

"요즘 왜 이렇게 공부에 열심이실까? 이제는 아예 유튜브 꼴도 안 볼 거야, 그런 거냐?"

"아니, 여전히 내 인생 최대의 관심사는 유튜브지."

사건으로부터 두 달이 지났다. 자숙에 들어간다고 했던 참교육은 얼마 전부터 다시 영상을 올리기 시작했다. 아버지의 재기보다 참교육의 자숙이 더 빨리 끝난 게 부당하다고 생각되기도 했고, 아무렇지 않게 환영 댓글을 쓰는 유저들을 보면 화가 나는 것을 넘어서 비현실적으로 느껴지기도 했다. 그러나 이제, 신경을 끊기로 했다.

독서실에 앉아 공부에 몰두하는 세환에게 주명이 놀림 반, 놀람 반이 섞인 어조로 물었다. 그런 일이 있긴 했지만, 그 후로 유튜브를 완전히 끊지는 않았다. 여전히 유튜브 속 세상은 재밌는 것들로 넘쳐 났다. 하지만 이제 세환은 딱 한 가지는 안다. 유튜브 영상에 나오는 것들이 모두 진실은 아니라는 것. 모든 유튜버가 참교육처럼 조작된 방송을 일삼으며 약자들에게 군림하는 것은 아니지만, 조회 수를 위해 자극적으로 부풀려 말하거나 허위의 이야기를 다루는 유튜버들도 있다. 또한 거기서 얻는 정보들은 유익한 것도 많지만 모든 유튜버가 전문가는 아니며, 조금 지식이 있는 일반인에 지나지 않는다는 것도 알게 됐다. 그러므로 거기서 얻은 정보는 다시 한 번 정확히 확인하는 게 좋다는 사실을 세환은 이제야 깨달았다.

얼마 전 아버지의 취직이 결정되면서 출근 전에 가족 여행을 가자는 엄마의 제안으로, 유튜브에서 국내 여행지를 찾아 여수 여행 일정을 짠 것도 세환이었다. 여행은 아주 즐거웠고, 유튜브에서 얻은 자료는 상당히 도움이 되었다. 유튜버 모두가 거짓은 아니고, 반대로 유튜버 모두가 진실한 것도 아니다.

여수 여행을 마치고 돌아온 아빠는 내일부터 아파트 경비원으로 일을 하신다.

"근데 오늘 하루 종일 핸드폰 만지는 걸 못 본 것 같다?"

주명의 말에 세환은 의미심장한 미소를 지었다. 대답을 하려는데 책상 가름막 너머로 반대편 학생이 슬쩍 날카로운 시선을 던져 왔다. 세환은 주명에게 밖으로 나가자는 듯 출입구 쪽을 향해 턱짓을 해 보였다.

"이제 공부 열심히 할 거야."

휴게실 음료수 자판기에 동전을 집어 넣으며 세환이 말했다. 세환은 자판기 버튼 앞에서 손가락을 들고 머뭇거리다가 사이다를 뽑았다. 세환이 물러서자 주명이 캔 커피를 뽑았다.

"그래, 아버지도 가게 그만두셨으니 외아들로서 책임감도 생기겠지. 이해한다."

"그것도 그렇지만."

캔 커피를 꿀꺽꿀꺽 마시는 주명을 똑바로 쳐다보며 세환이 말했다.

"나 유튜브 코리아에 취업할 거야."

"푸핫!"

"아, 더럽!"

주명이 뿜어낸 커피가 자판기 옆 흰색 벽에 튀어 줄줄 흘러내렸다. 다행히 광택이 있는 재질이라 휴지로 쓱쓱 닦으니 깨끗해졌다. 휴지를 쓰레기통에 던져 넣는 내내 황당하다는 듯한 주명의 눈빛이 따라오는 게 느껴졌다.

"네 성적에? 너 설마 성덕이라도 되겠다는 건 아니겠지?"

유튜브 덕후가 유튜브 회사에 취업한다면, 나름 성덕이긴 하다.

"형 모처럼 진지한데 말 끊지 말고 들어 봐. 그것만이 아니야. 나 이번에 좀 느낀 게 있어."

세환은 차분히 이야기를 시작했다.

이번 일을 겪으며 세환이 또 하나 알게 된 게 있다. 아버지의 영상은 억울하게 당한 일이었다. 하지만 그걸 신고할 창구가 마땅치 않았다. 영상 자체가 조작된 것인지 아닌지를 유튜브사에서 판단하기는 힘들 것이다. 그리고 하루에도 수백만, 수천만 개씩 올라오는 영상을 전부 모니터링할 수 없다는 것도 물론 안다. 그러나 법적 분쟁의 소지가 있는 영상이라는 신고가 들어오면, 제대로 된 판단이 나올 때까지 영상 조회를 막는다든가 하는 최소한의 조치는 취해 줬어야 했다.

참교육은 자신의 한 달 수익이 몇천만 원이라고 했다. 그렇다면 그 사슬의 최상위에 있는 유튜브사의 수익은 세환이 가늠하기도 힘든 액수일 것이다. 그런 회사가 정작 문제가 생기면 제삼자로 물러나는 것은 말이 안 된다.

"그래서 내가 유튜브에 입사해서 억울한 일을 당한 사람을 도울 수 있는 최소한의 대책이라도 만들어 볼 거야."

자신의 굳은 결심처럼 세환은 주먹을 움켜쥐었다. 오오, 탄성을 내며 주명도 입술을 오므렸다. 주명은 세환의 어깨를 주먹으로 살짝 쳤다.

"놀려 주려고 했는데 쫌 멋지다?"

"인제 알았냐?"

주명은 세환의 어깨에 팔을 둘렀다. 둘은 한 몸처럼 휙 돌아 독서실로 향했다.

"근데 유튜브 코리아에 취직하려면 적어도 S, K, Y 중에 하나는 들어가야 하는 거 아니냐?"

"늘 그게 문제지."

세환은 고개를 절레절레 흔들었다.

"그래도 나 어릴 때부터 머리가 좋았대. 지금부터 하면 될 거야."

"누가 그래?"

"엄마가."

"엄마가 잘못하셨네."

"이 자식이!"

장난스럽게 세환이 주먹을 흔들자 주명이 낄낄거렸다. 둘은 다시 어깨동무를 했다. 그런데 세환이 걸음을 멈췄다. 주머니 안 휴대폰이 진동했기 때문이다. 꺼내 보니 알림이었다.

"너 먼저 들어가라."

조금은 긴장한 듯한 세환의 표정에 주명의 얼굴이 심각해졌다.

"왜? 또 무슨 일인데?"

"잠깐 영상 하나만 보고 들어가려고."

"뭐래, 공부한다더니, 아직도 정신 못 차렸냐?"

"세븐 걸스 뮤비 뜨는 날이거든."

"인정. 그건 못 참지."

두 사람은 다시 어깨동무를 했다. 그러고는 시곗바늘이 회전하듯 세환을 축으로 크게 돌아 함께 휴게실로 향했다.

　요즘은 정보를 찾기에 참 좋은 세상입니다. 모르는 것이 있거나 여행지에 대해 알아보려면 인터넷에 검색 한 번이면 충분하니까요. 그중에서도 유튜브는 단연 활용도가 높은 플랫폼이 아닐까 싶어요. 기존에 블로그 등에서 글과 사진으로 보던 정보를 이제는 유튜브를 통해 동영상으로 훨씬 쉽게 찾을 수 있으니까요. 그 외에도 재밌고 유익한 콘텐츠가 많아서 저도 유튜브를 참 즐겨 봅니다.

　하지만 유튜브에는 많은 비전문가가 있고, 그로 인해 잘못된 정보도 많아요. 또한 루머에도 취약합니다. 지금도 기승을 부리는 코로나19 방역과 관련된 가짜뉴스가 퍼져서 많은 혼란과 피해자를 양산하기도 했습니다. 또한 유튜브에서 본 연예인에 대한 루머를 진짜인지 확인하지도 않고, 악성 댓글을 쓰는 일들도 비일비재하죠.

　잘못된 정보는 아닌지 가짜뉴스나 광고를 위해 현혹하는 영상은 아닌지 등을 청소년 여러분들은 잘 판단해서 유튜브를 좀 더 즐겁고 유익하게 활용하시길 바라는 마음에서 이 소설을 썼습니다.

정명섭　1973년 서울에서 태어났다. 대기업 샐러리맨, 바리스타로 활동하다 현재는 전업 작가로 지내고 있다. 다양한 장르의 글을 쓰며 지금까지 앤솔러지 포함 약 160여 권의 책을 집필했으며, 라디오와 팟캐스트, 학교와 도서관에서 강연을 통해 독자들을 만나고 있다. 대표작으로는 《미스 손탁》, 《남산골 두 기자》, 《사라진 조우관》, 《상해임시정부》 등이 있다.

하얀 돌고래 게임

내 이름은 안상태, 별명은 상태 안 좋은 애, 돈벌레, 눈치 빠른 녀석 등등이다. 내가 돈을 밝히고 눈치가 빨라진 건 집안 환경 때문이다. 부모님은 사업 실패 후 이혼을 하면서 나가 버리셨고, 우리 남매를 길러 주던 외할머니는 알코올의존증으로 요양병원에 계신다. 여동생을 데리고 살아가기 위해서 눈치껏 돈을 밝힐 수밖에 없게 된 것이다. 요즘은 자칭 탐정인 준혁 아저씨의 사건 해결을 도우면서 돈을 버는 중이다. 세상에는, 아니 학교에서는 생각보다 많은 사건 사고가 벌어지고 있으니까 말이다.

상태는 입을 벌린 채 지켜봤다. 한때 최고의 모범생이던 한우가 학교 옥상의 난간에 걸터앉아서 물끄러미 세상을 내려다보는 모습을. 상태가 멍하게 위를 바라보자 지나가던 미라가 소리쳤다. 괴짜 취급에 은따 신세인 상태와 스스럼없이 어울리는 몇 안 되는 학교 친구였다. 여자지만 초등학교 때부터 태권도와 격투기를 익혀서 학교 일진들도 건드리지 못했다

"야! 안상태! 뭘 그렇게 보는 거야?"

상태는 옥상을 가리켰다. 쏟아지는 햇살 때문에 손으로 차양을 만든 미라는 상태가 가리킨 곳을 올려다봤다가 그대로 굳어 버렸다.

"쟤, 한우 아니야? 3반 조한우."

"맞아. 오늘 등교한다는 얘기는 들었는데……."

둘이 얘기를 주고받는 사이 아이들이 하나둘씩 모여들었다. 그리고 선생님도 지나가다가 멈춰 서서는 위를 올려다봤다. 놀란 선생님이 한우가 있는 본관 건물로 뛰어 들어갔다. 그때 난간에 걸터앉아 있던 한우가 천천히 일어났다. 그걸 본 상태가 소리쳤다.

"하지 마! 안 돼!"

한우는 아래에서 들려오는 안 된다는 소리를 못 들었는지 두 팔을 들어서 마치 새처럼 날갯짓을 했다. 그러고는 하늘을 날려고 시도했고 허공에 뜨자마자 무서운 속도로 아래로 떨어졌다. 뒤로 물러나던 상태는 한우가 땅에 부딪치기 직전

눈을 감았지만 귀로는 땅에 충돌하면서 부서지는 끔찍한 소리가 들렸다. 뒤로 물러난 보람은 없었다. 한우가 땅에 부딪치면서 몸통이 터졌고, 그 피를 고스란히 뒤집어썼다. 상태는 피를 뒤집어쓴 것을 알고는 비명을 지르며 기절했다. 역시 피를 뒤집어쓴 미라가 정신 차리라고 외치는 목소리가 메아리치듯 들린 게 마지막 기억이었다.

"야! 상태 좀 괜찮아?"

병문안을 온 자칭 탐정, 실제로는 추리소설가 지망생인 준혁 아저씨는 만나자마자 농담을 건넸다. 주변을 둘러보니 6명 정도가 함께 쓰는 병실이다. 여동생은 침대 옆 보조 침대에 누워서 잠을 자는 중이었다. 상태가 차츰 정신을 차리는 걸 본 준혁 아저씨가 혀를 찼다.

"그러게 왜 뛰어내리는 애 근처에 서 있었어."

"뛰어내리면 받으려고요."

"그러면 같이 죽는 거지. 요즘 고등학교에서는 뭘 배우는 거야?"

준혁 아저씨의 핀잔에도 불구하고 상태는 여전히 그때를 떠올렸다.

"진짜 모범생이었는데."

"누구? 옥상에서 뛰어내린 개? 이름이 뭐였더라."

"한우요. 조한우. 저한테 잘해 준 아이였어요."

"그래? 착한 아이였나 보구나."

준혁 아저씨의 말에 상태는 힘없이 고개를 끄덕거렸다. 부모님이 사업 실패로 이혼하고 집을 떠났고, 돌봐 주시던 외할머니는 알코올의존증으로 요양병원에 계신다. 부모님이 모두 생존해 있다는 이유로 저소득층 지원 사업에서 항상 배제되기 때문에 돈을 벌어야 했다. 탐정을 자처하며 사건들을 해결하는 준혁 아저씨의 조수 노릇이 가장 짭짤한 돈벌이다. 다른 어른들은 일을 안 주거나 시켜도 돈을 떼이먹기 일쑤였다. 지끈거리는 머리를 한 손으로 누른 상태에게 준혁 아저씨가 말했다.

"걔는 왜 뛰어내린 거야?"

"모르겠어요. 최근 성적이 떨어져서 며칠 쉬었거든요. 그러고 나서 등교한 첫날에 뛰어내린 거예요."

"집에서 성적 떨어졌다고 잔소리를 들었나?"

준혁 아저씨의 물음에 잠시 생각을 하던 상태는 고개를 저었다.

"집에 초대해 줘서 한우 부모님을 뵌 적 있는데 그럴 분들이 아니었어요."

"야, 한 번 만나고 그걸 어떻게 알아. 히틀러도 비서들에게는 친절했거든."

"그게 아니라 집안 분위기가 굉장히 자유로웠어요. 저도 그 정도는 눈치챘다고요. 누구 조수인데요."

마지막 얘기가 기분이 좋았는지 준혁 아저씨가 씩 웃었다.

"아무나 내 조수 노릇하는 건 아니니까."

얘기를 주고받고 있는데 병실 문이 열리더니 줄무늬 환자복을 입은 미라가 모습을 드러냈다. 전학생인 그녀는 추리소설을 좋아하고 호기심이 많아서 종종 도움을 받곤 했다. 미라를 본 준혁 아저씨의 눈이 휘둥그레졌다. 무슨 뜻인지 금방 알아차린 상태가 말했다.

"여자 친구 아니고 그냥 같은 학교 친구예요."

"여사친이라는 얘기지? 여자 사람 친구."

"잠깐 좀 비켜 주실래요."

"알겠어. 즐겁게 데이트해라."

준혁 아저씨가 낄낄거리면서 병실 밖으로 나갔다. 한숨을 쉰 상태는 미라에게 말했다.

"미안, 그래도 이상한 아저씨는 아니야."

"지난번에 얘기한 그 사람이지? 탐정."

"맞아. 말은 저렇게 해도 실력은 좋아."

"그럼 한우 사건을 조사해 달라고 해 볼까?"

"뭘 조사해?"

상태의 반문에 미라가 준혁 아저씨가 나간 병실 문을 가리켰다.

"지금 학교 난리 났대."

"그렇겠지. 전교생이 보는 앞에서 학생이 뛰어내렸는데."

"아까 한우 부모님이 교장 선생님이랑 교감 선생님을 만났는데, 원래는 며칠 더 쉬어야 하는데 오늘 꼭 학교에 가야 한다고 했대."

"왜?"

"모르겠어. 그래서 안 된다고 말리니까 무슨 게임 어쩌고 하면서 가방을 챙겨서 나갔대."

"게임? 한우는 게임 같은 거 안 하잖아."

"맞아. PC방도 잘 안 가는 애인데, 무슨 게임일까?"

"다른 얘기는 없었대?"

"부모님들이 너무 울어서……."

차마 말을 잇지 못하는 미라를 보면서 상태는 덮고 있던 이불을 걷었다.

"조사해 봐야겠어."

"한우가 왜 죽었는지?"

미라의 물음에 상태가 고개를 끄덕거렸다.

"걔는 공부만 잘하는 다른 애들이랑은 달랐잖아."

"그렇지. 우리와도 잘 어울렸고 으스대지도 않았어."

"그런데 두 달 전부터 갑자기 이상해졌잖아. 말도 없어지고."

상태의 말에 미라가 대답했다.

"맞아. 거기다 성적도 확 떨어졌지."

"그동안 무슨 일이 있었던 걸까?"

"그걸 알아보면 한우가 왜 뛰어내렸는지 알 수 있을 거야."

미라의 말에 상태는 휴대폰을 들고 준혁 아저씨한테 카톡을 보냈다.

아저씨.

어, 데이트 잘했어?

그냥 친구라니까요. 제 처지에 무슨 데이트예요.

돈 없다고 사랑도 못 하는 건 아니지. 참하더라. 예쁘고.

고개를 절레절레 내저은 상태는 미라를 힐끔 보고는 다시 카톡을 날렸다.

한우에 대해서 좀 알아봐 주실 수 있으세요?

자살 아니야?

미심쩍은 게 많아서요. 최근에 성적이 떨어지긴 했지만 학교생활에도 문제가 없었고, 착했거든요.

> 그래? 안 그래도 방금 강 형사랑 통화했어. 알아보고 연락 준대.

> 고맙습니다.

> 연락해 줄 테니까, 푹 쉬어. 연락받고 걱정했잖아.

그러고는 힘내라는 이모티콘이 날아왔다. 휴대폰을 내려놓은 상태가 미라를 바라봤다.

"일단 경찰 쪽으로 알아보겠대."

"누가 봐도 자살이라 크게 관심 있어 하지는 않을 거야."

"그렇겠지. 그래도 최소한 걔가 몇 달 사이에 왜 그렇게 변했는지는 알아봐야지. 그렇게 죽을 애가 아니었잖아."

상태의 얘기에 미라가 공감한다는 표정으로 고개를 끄덕거렸다. 마침, 병실의 TV에서 한우의 투신에 관한 뉴스가 나왔다. 이니셜을 썼고 학교와 현장은 모자이크로 가렸지만, 두 아이는 금방 알아차렸다. 아내가 주는 사과를 씹던 아저씨가 요즘 애들은 왜 저러는지 모르겠다며 요란스럽게 혀를 찼다. 그 모습을 보고 한숨을 쉰 상태가 미라를 봤다.

"학교에서 보자."

"알았어. 연락 오면 알려 줘."

미라가 자기 병실로 돌아가고 나서 상태는 도로 침대에 누웠다. 여동생은 여전히 잠들어 있었다. 이마를 쓰다듬고 머리

카락을 정리해 준 상태는 천장을 바라봤다.

며칠 후, 학교에 등교한 상태는 모든 게 깨끗하게 정리된 것을 발견했다. 한우가 뛰어내린 장소에는 핏자국 하나 남아 있지 않았고, 학생들과 선생님들은 원래 한우라는 학생이 없었던 것처럼 행동했다. 그런 모습에 어처구니가 없는 상태의 속은 한없이 부글거렸다. 영원할 것 같던 수업이 끝나고 휴대폰을 돌려받은 상태는 교문 근처의 벤치에 앉았다. 휴대폰을 보니 준혁 아저씨의 부재중 전화가 와 있었다. 한숨을 내쉰 상태가 통화 버튼을 눌렀다.

"아저씨. 수업 중이라 전화 못 받았어요."

"그럴 거 같았어. 강 형사한테 연락 왔는데 일단 타살 혐의는 없다고 했어. 옥상 CCTV에 혼자 올라와서 난간에 앉아 있다가 일어나서 뛰어내린 걸로 나왔대."

"그렇군요."

예상했지만 힘이 빠질 만한 얘기였다. 상태의 기운 없는 대답을 들은 준혁 아저씨가 힘내라는 말을 하고는 덧붙였다.

"그리고 강 형사가 엊그제 죽은 아이 부모님을 만났어."

"뭐래요?"

"자살한 자식을 둔 부모들의 공통적인 반응이지. 우리 아이는 자살을 할 이유가 없다고. 그런데 좀 이상한 게 있다고 하더라."

"어떤 거요?"

"갑자기 학교에 가야 한다고 해서 말렸더니 게임을 해야 한 다면서 나갔다고 했대."

미라에게 들은 것과 같은 얘기라서 상태는 귀를 기울였다.

"무슨 게임이요? 한우는 컴퓨터게임 같은 거 안 하는 친 구였어요."

"그래서 컴퓨터를 확인해 봤는데 깔려 있는 게임 같은 건 없었대. 그런데 말이야."

잠깐 뜸을 들인 준혁 아저씨가 말을 이어갔다.

"죽은 아이 팔에 이상한 게 있었다고 해."

"이상한 거요?"

"고래 그림이 그려져 있었대."

"어디에요?"

"왼쪽 팔 안쪽. 겨드랑이 가까운 쪽이라서 집에서도 몰랐대."

"문신인가요? 그런 거 할 애는 아닌데?"

"문신이 아니라 칼로 새긴 거래. 자기가."

"네?"

예상 밖의 대답에 놀란 상태의 반문에 준혁 아저씨가 대 답했다.

"커터 칼 같은 걸로 자기가 긁어서 그린 거래."

"고래를 그렸다고요?"

"고래인지 상어인지는 모르겠지만 하여튼 큰 물고기를 그린 건 맞는 거 같아. 그리고 부검을 하다가 이상한 걸 또 발견했다는데."

"뭔데요?"

"위에서 레고 블록이 나왔어."

점점 알 수 없는 얘기에 상태는 신경이 곤두섰다.

"조립하는 레고요? 그게 왜 배 속에서 나온 거죠?"

"그러게, 먹을 거로 알고 삼킬 나이는 아닌데. 휴대폰을 조사하면 뭐가 나올 거 같긴 하다만, 자살로 결론이 나서 경찰에서는 조사를 할 계획이 없다고 하더라."

"그럼 제가 해 볼게요."

"그냥 자살이 아니라고 생각하는구나."

준혁 아저씨의 물음에 상태는 당연하다는 듯 대꾸했다.

"물론이죠. 거기다 이상한 걸 삼키고, 자기 팔에 상처를 냈잖아요."

"그렇긴 하지. 아무튼 내가 도와줄 수 있는 건 여기까지인 거 같다. 강 형사도 더 할 수 있는 게 없다고 하고."

"알겠습니다. 한우 부모님 연락처만 좀 알아봐 주세요. 집은 아는데 전화를 드리고 찾아가야 할 거 같아서요."

"물어 보고 카톡으로 남길게."

"고맙습니다."

멀리서 가방을 맨 미라가 걸어오는 게 보였다. 상태가 손을 흔들자 미라가 빠른 걸음으로 다가왔다. 방금 준혁 아저씨와 통화한 내용을 들려주자 미라의 표정이 심각해졌다.

"무슨 일이 있었던 걸까?"

"그걸 알아봐야지. 지금부터."

상태의 말에 미라가 물었다.

"어떻게?"

"한우 부모님을 만나 보려고."

"알고 계신 게 있을까?"

"휴대폰. 경찰은 자살이라고 결론 내려서 살펴보지 않았지만 우리는 볼 수 있잖아."

아까 준혁 아저씨가 해 준 얘기에 힌트가 있었다. 경찰은 볼 수 없었지만, 한우 부모님의 동의만 얻으면 휴대폰을 살펴볼 수 있다는 뜻이 숨겨져 있었다. 상태의 얘기를 들은 미라가 대답했다.

"같이 가자."

"도와주려고?"

"학기 초에 시험 볼 때 한우가 도와줬어. 자기도 시험 준비하느라고 바빴을 텐데."

미라의 얘기를 들은 상태가 말했다.

"같이 가자. 집은 내가 어딘지 알아."

한우의 집은 지하철역 근처의 고층 아파트였다. 경비실이 있는 아파트 입구를 지나 하늘 높이 치솟은 고층 아파트 숲들 사이에 109동이 보였다. 아파트를 올려다본 미라가 물었다.

"여기야?"

"응, 2802호."

인터폰을 누른 상태가 이름을 밝히자 유리문이 스르륵 열렸다. 엘리베이터가 도착해 문이 열릴 즈음 현관문이 열리고 초췌한 표정의 한우 어머니가 서 있었다. 예전에 놀러 왔을 때 인사를 한 적이 있는 상태가 꾸벅 고개를 숙였다.

"안녕하세요. 한우 친구 상태라고 합니다."

"그래, 기억나는구나. 몇 달 전에 놀러 왔었지?"

"네, 봄에 초대 받아서 왔었습니다."

"한우가 좋은 친구라고 했는데 잊지 않고 찾아와 줘서 고맙구나."

"별 말씀을요. 여기는 미라라고 같은 반 친구입니다. 얘도 한우에게 도움을 많이 받았어요."

"그렇구나. 어서 들어오렴."

상태는 미라와 함께 집 안으로 들어갔다. 거실과 붙어 있는 부엌 식탁에 오렌지 주스와 한과가 놓인 접시가 보였다. 그곳에 앉은 한우 어머니는 두 아이가 앉는 걸 보고는 가볍게 웃었다.

"한우 아버지는 등산을 갔어. 뛰어내리지 말라고 했더니 아까 사진을 보내왔더라."

오렌지 주스를 한 모금 마신 상태가 조심스럽게 입을 열었다.

"한우가 뛰어내린 현장에 있었습니다. 아는 경찰에게 물어봤더니 타살 혐의점은 없다고 하더라고요."

"며칠 전 장례 치를 때 경찰이 찾아와서 얘기해 줬어. 그러면서 이유를 묻던데, 도통 모르겠더라고. 한우가 얼마나 착했는데. 그렇지?"

당장이라도 울 것 같은 표정의 한우 어머니에게 상태는 고개를 끄덕거려 주었다.

"그럼요. 저도 한우가 얼마나 착하고 바른 아이인지 잘 알아요. 그래서 알아보려고 왔어요."

"우리 한우가 왜 스스로 목숨을 끊었는지?"

"네, 학교에서도 정말 잘 지냈거든요. 말썽도 전혀 부리지 않았고, 고민거리도 없어 보였어요."

옆에 앉은 미라도 같은 얘기를 했다. 그러자 한우 어머니가 애끓는 목소리로 말했다.

"그런 아이가 어쩌다가 그런 끔찍한 짓을 했는지 몰라."

"그래서 저희가 이유를 찾아보려고요."

"너희들이?"

한우 어머니의 물음에 상태가 고개를 끄덕거렸다.

"네, 제가 가끔 탐정 아저씨 일을 도와준 적이 있어요. 경찰은 타살이 아니라서 조사를 못 하지만 저는 상관없잖아요."

다행히 한우의 어머니가 곧바로 수긍했다.

"우리 한우를 위해 마음을 써 줘서 고맙다. 그런데 어떻게 조사를 할 거니?"

"일단 방을 좀 볼 수 있을까요? 그리고 휴대폰도 살펴보고 싶습니다."

"방은 그대로 놔뒀어. 휴대폰도 있긴 한데 비밀번호가 뭔지 몰라서 못 열어 봤다."

"제가 한번 찾아볼게요."

"뭐라도 나오면 알려 주렴."

한우 어머니가 간곡하게 부탁을 하고는 일어나서 한우 방으로 안내했다. 문을 열어 주더니 한 발 뒤로 물러났다.

"둘이 들어갈래. 나는 차마 들어갈 용기가 나지 않아서."

대답 대신 고개를 숙인 상태와 미라가 방 안으로 들어갔다. 환기를 시키지 않은 탁한 공기가 느껴졌다. 문을 닫은 미라가 제일 먼저 창가로 가서 커튼을 젖히고 창문을 열었다. 바깥 공기가 들어오면서 방 안의 분위기가 조금 나아졌다. 벽면에 붙은 침대 옆에 책상이 있었다. 가지런하게 정리된 책상에는 스탠드와 데스크톱 컴퓨터가 한 대 놓여 있었다. 휴대폰은 마우스 옆 충전기에 꽂혀 있는 상태였다. 충전기에서 휴대폰을 뺀 상태가 침대에 걸터앉았다. 그 사이에 미라가 컴퓨터를 켰다. 휴대폰 잠금은 지문이나 홍채 인식이 아니라 패턴으로 여는 방식이었다. 휴대폰 화면을 뚫어지게 바라보던 상태가 중얼거렸다.

"Z자 모양이네."

"어떻게 알았어?"

"보호필름에 흔적이 남아 있어서. 컴퓨터는 어때?"

"이건 비번으로 들어가는 방식이야."

"잠깐만, 휴대폰에서 포털 사이트를 로그인한 상태라서 볼수 있어."

휴대폰 화면을 넘기면서 살펴보던 상태가 고개를 갸웃거렸다.

"이상한 건 없는데?"

"이메일은?"

"비슷해. 스팸 메일이 좀 있긴 하지만."

실망감이 쌓일 무렵, 미라가 다른 제안을 했다.

"앱을 살펴보는 건 어때?"

"거기에 뭔가 있을까?"

"일단 그거라도 봐야지."

휴대폰 바탕 화면에 깔린 앱들 중에서 눈에 띄는 건 없었다. 그래서 설정 화면으로 들어가서 앱들을 살펴보는데 이상한 게 보였다.

"어, 이게 뭐지?"

상태가 가리킨 앱을 본 미라도 고개를 갸웃거렸다.

"처음 보는데?"

앱은 귀엽게 생긴 하얀색 돌고래 모양이었다. 눈이 작고 위로 물줄기를 뿜는 형태였다. 그리고 아래쪽에 하얀 돌고래 게임이라고 쓰여 있었다. 그걸 본 상태가 미라에게 물었다.

"한우는 게임 같은 거 안 한다고 했잖아."

"그러게, PC방도 가지 않고 게임 자체를 안 했는데."

상태가 앱을 눌러봤지만 들어가지지 않았다. 대신 '최종 미션이 완료됐습니다'라는 메시지가 뜰 뿐이었다. 몇 번이고 눌러봤지만 같은 메시지가 뜨자 상태가 미라에게 물었다.

"무슨 게임이지? 이게."

"그러게, 검색해 볼게."

자기 휴대폰으로 검색을 하던 미라의 표정이 굳어졌다. 그러고는 화면을 상태에게 보여 줬다. 상태는 하얀 돌고래 게임에 관한 뉴스 기사의 제목을 읽었다.

"청소년들을 자살로 몰고 간 게임?"

"나도 비슷한 게임에 대한 얘기를 들은 적 있어. 내가 들은 건 푸른 상어 게임인가 그랬을 거야. 문제가 되니까 이름을 바꾼 거 같아."

"맙소사. 이게 대체 무슨 게임이야?"

"러시아의 게임 개발자가 만든 게임이라고 했어. 단계마다 미션을 수행해야 하는데 점점 강도가 높아지는 건가 봐."

미라의 얘기를 들은 상태는 입을 다물지 못했다.

"그러다 마지막 단계가 자살하는 거구나."

"맞아. 러시아, 미국, 중국, 이집트, 크로아티아, 스위스에서 청소년들이 연달아 자살을 했어. 그래서 개발자는 체포되고 앱은 사용이 금지됐지만 비슷한 것들이 계속 유포되고 있는 것 같아."

"아까 마지막 미션을 완수했다고 나왔지?"

상태의 물음에 미라가 고개를 끄덕거렸다.

"응."

"그럼 한우가 이 게임을 했고, 마지막 미션인 자살을 수행했다는 얘기네."

미라는 믿기지 않는다는 표정으로 상태에게 대답했다.

"한우 같이 똑똑한 아이가 이런 엉터리 게임에 중독돼서 자살을 할 리가 없잖아."

잠깐 고민하던 상태는 주머니에서 휴대폰을 꺼냈다.

"뭐 하게?"

"내가 가입해 보게."

"위험해."

"단서를 찾아야지."

휴대폰에서 하얀 돌고래 게임을 검색하자 몇 개의 앱이 떴다. 그중 한우의 휴대폰에 있는 것과 같은 앱을 깔았다. 개인 정보를 요구하는 가입 절차를 지나자 화면이 검정색으로 변하고 문구가 떴다.

"당신에게 삶은 얼마만큼의 무게를 지니고 있나요?"

상태가 중얼거리자 미라가 물었다.

"그게 무슨 뜻이야?"

"모르겠어. 하나 더 떴다. 이것은 당신의 인생을 바꿀 게임입니다. 시작하시겠습니까?"

상태가 YES라고 적힌 글씨를 누르자 화면이 갑자기 유튜브로 바뀌었다. 그러고는 검정 티셔츠에 하얀 돌고래 가면을 쓴 사람이 나타났다.

"하얀 돌고래 게임에 참여한 걸 환영한다. 우리는 정해진 규칙에 따라 매일 주어진 미션을 진행한다. 진행한 후에 YES를 누르면 다음 단계로 넘어간다. 누구에게도 이 게임을 하고 있다고 알려서는 안 된다. 중간 단계까지 가면 마스터의 허락 아래 다른 게임 참가자들과 익명으로 대화를 나눌 수 있고, 진행 과정을 공유할 수 있다. 5단계까지 진행하면 커뮤니티에 들어올 자격이 주어진다. 마스터가 지정한 닉네임을 써

야 하며 본인을 인증하거나 알려서는 안 된다. 5단계 이후부터는 미션을 수행한 것을 영상으로 찍어서 업로드를 해야 한다. 그걸 확인하고 나서 다음 미션을 수행할 자격을 주겠다. 개별적인 접촉을 해서는 안 된다. 마지막 단계까지 시행하면 새롭게 태어날 수 있다. 그럼 게임을 시작한다!"

하얀 돌고래 가면을 쓴 남자가 박수를 치면서 화면이 꺼졌다. 그러고는 다시 화면이 바뀌었다. 눈을 크게 뜬 상태가 중얼거렸다.

"당신의 닉네임은 벌거벗은 남삭이다."

그리고 1이라는 숫자가 크게 뜨고 미션 내용이 떴다. 그걸 보고 피식 웃은 상태가 의자에 앉아 있는 미라의 머리를 한 대 쳤다.

"아야! 뭐 하는 거야?"

미라가 화를 내자 상태가 화면을 보여 줬다. 화면에는 '가장 가까이 있는 사람의 머리를 한 대 때리시오'라고 나와 있었다. 그걸 본 미라도 피식 웃었다.

"이런 식으로 게임을 하는 게 어떻게 인생을 바꾼다는 건지 모르겠어."

"일단 게임을 하면서 단서를 찾아보자."

"그게 좋겠어."

휴대폰을 주머니에 넣은 상태가 침대에서 일어나 문을 열고 밖으로 나갔다. 부엌에서 설거지를 하던 한우 어머니가 고개를 돌렸다.

"뭐, 찾은 거 있니?"

잠시 생각하던 상태가 대답했다.

"휴대폰에서 뭘 찾은 거 같은데 조사를 좀 더 해 봐야겠어요."

"그래, 뭐든 나오면 알려 주렴. 나랑 남편은 정말 궁금해 미치겠어."

간곡한 부탁에 알겠다고 대답한 상태는 미라와 함께 한우 집에서 나와 엘리베이터를 타고 1층으로 내려왔다. 한우네 동 바로 앞 놀이터에서는 아이들이 까르르 웃으며 뛰어다니고 있었다. 잠시 멈춰서 그 모습을 물끄러미 바라보던 상태가 미라에게 말했다.

"세상은 겉으로는 멀쩡한데 왜 속은 이렇게 썩은 걸까?"

"사람 때문이겠지. 정확하게는 욕심 같은 거 때문에."

미라의 대답에 수긍한 상태가 다시 발걸음을 옮겼다.

며칠 후, 교문 근처 벤치에 앉아 있던 상태는 길게 하품을 했다. 그런 상태를 본 미라가 물었다.

"왜 그렇게 피곤해 해?"

"다섯 번째 미션 때문에"

"그게 뭔데?"

상태는 대답 대신 휴대폰 화면을 보여 줬다. 미라가 화면에 나온 글씨를 읽었다.

"새벽 4시에 일어나 창문을 열고 소리치기?"

"자다가 일어나서 소리를 치고 창문을 닫았는데 다시 잠이 안 와서 뜬눈으로 지새웠어."

"앞의 미션들은 뭐였는데?"

미라의 물음에 상태가 머리를 긁적거리며 대답했다.

"콜라 1.5리터 선 채로 마시기, 밤 12시에 양쪽 뺨 때리기, 그리고 벽에 기댄 채 물구나무서기. 그 다음에 새벽에 소리치기였어."

"쉽네."

옆에 앉은 미라의 대답에 상태가 고개를 끄덕거렸다.

"바짝 긴장했는데 별거 없었어. 다섯 번째 미션을 끝냈으니 커뮤니티에 들어갈 수 있겠지."

"그럼 한우의 죽음에 대한 단서를 찾을 수 있을까?"

"살펴봐야지."

둘이 얘기를 나누는 사이, 상태의 휴대폰에 띠링 하는 소리와 함께 메시지가 떴다. 이번에도 개인 정보를 입력해야 했다. 잠시 후, 휴대폰 문자로 링크가 하나 왔다. 링크를 클릭하자 화면이 다시 바뀌었다. 요즘 유행하는 메타버스 공간

같았는데 카페처럼 만들어져 있었다. 화면을 들여다보던 미라가 말했다.

"여기 아바타가 생성됐네. 벌거벗은 남작."

닉네임답게 팬티만 입은 붉은 머리 아바타가 손을 흔들었다. 실행 버튼을 누르자 붉은 머리 아바타는 카페 한가운데 뿅 하고 자리를 잡았다. 주변에는 기저귀 차림에 왕관을 쓴 갓난아기부터 근육질 몸에 해골 머리를 한 아바타, 얼굴은 아기인데 몸은 한없이 길쭉한 아바타들이 보였다. 머리 위에 숫자들이 보였는데 벌거벗은 남작의 머리에는 5가 떠 있었다. 그걸 본 미라가 얘기했다.

"몇 단계를 통과했는지 보여 주는 건가 봐."

그 얘기를 들은 상태가 화면 속 아바타들을 유심히 바라봤다.

"가장 높은 건 14네."

아바타들이 왔다 갔다 하면서 서로 대화를 주고받는 것 같았다. 채팅 창에 주르륵 글들이 올라왔다. 상태의 아바타인 벌거벗은 남작 주변으로 아바타 둘이 몰려와서 말을 걸었다.

   ㄴ 어, 신입이네.

   ㄴ 5단계 돌파한 거야?

   ㄴ 요즘 5단계는 뭐지. 나는 한겨울에 얼음물 뒤집어쓰기였는데.

ㄴ 나두 나두.

ㄴ 13단계 돌파! 이제 곧 끝나겠네.

온갖 얘기들이 오갔지만 개인 정보를 알 수 있는 대화들은 나오지 않았다. 아바타라는 가면을 쓴 사람들이 존재할 뿐이었다. 그 와중에 눈에 띄는 왕관과 보석 지팡이를 든 아바타가 다가왔다. 그러자 다른 아바타들이 좌우로 물러나며 공간을 만들어 줬다. 그 아바타의 머리 위에는 '0'이라는 숫자가 보였다.

ㄴ 본격적인 하얀 돌고래 게임에 참여한 걸 환영한다. 주의사항은 미리 들었지?

상태는 상대방이 이 게임을 만든 마스터라는 사실을 알아채고는 재빨리 채팅 창에 대답을 입력했다.

ㄴ 물론이죠. 규칙은 잘 지킬 거예요.

ㄴ 그럼 아무 문제도 없을 거야. 여긴 서로서로 응원하고 지켜보는 곳이다. 아무 때나 들어와도 좋지만 개인 정보를 올리거나 혹은 물어보면 안 된다.

ㄴ 명심하겠습니다.

└ 그럼 게임을 즐겨라.

마스터 아바타는 옆방으로 사라졌다. 궁금증에 따라가려
고 했지만 들어갈 수 없었다. 그러자 옆에 있던 해골 모양 아
바타가 대답했다.

└ 저긴 7단계부터 들어갈 수 있어. 넌 5단계라 두 번 더 미션을 수
행해야 해.
└ 어, 고마워. 너는 13이라 들어가 볼 수 있겠네?
└ 물론이지. 빡세지만 해볼 만해.

상태는 말을 건 해골 모양의 아바타에게 궁금한 게 많았지
만 섣불리 말을 걸지 못했다. 마스터가 채팅 내용을 모두 지
켜볼 것만 같았기 때문이다. 최대한 조심스럽게 채팅을 주고
받다가 물었다.

└ 해골 멋지네.
└ 고마워. 내가 해골 마니아라서 말이야. 검정색 해골은 찾기 힘들
었어. 아무튼 파이팅.
└ 너도.

그런 식으로 아바타들끼리 대화가 이어졌다. 누군지 몰랐

기 때문에 오히려 대화하기가 쉬웠다. 마음에 들지 않으면 그냥 잘 있으라고 하면 그만이었기 때문이다. 그리고 우측에는 참가자들이 수행한 미션들을 촬영한 유튜브 영상들의 링크가 있었다. 클릭하자 유튜브로 넘어간 영상이 보였는데 길거리에서 굴러가거나 높은 축대에서 뛰어내리는 것 같은 위험천만한 모습들이 보였다. 한우처럼 뭔가 이상한 걸 삼키거나 심지어 자기가 입고 있는 옷에 불을 붙이기도 했다. 그것만이 아니었다. 한밤중에 차들이 쌩쌩 달리는 도로를 무단 횡단하는 영상을 찍기도 했다. 갑자기 뛰어나온 사람을 피하느라 자동차들이 급하게 멈추거나 핸들을 꺾어서 아슬아슬하게 스쳐 지나가는 모습도 보였다. 누군지 알아보려고 했지만 얼굴과 상표, 그리고 알아볼 만한 표지판 같은 것들은 모두 모자이크로 처리되어 있었다. 어쨌든 이것저것 볼 게 많았기에 상태는 접속한 후 30분 넘게 아바타들과 대화를 했다. 결국 전원이 떨어져서 미라가 건넨 보조 배터리로 충전을 해야만 했다. 겨우 빠져나온 상태가 한숨을 쉬었다.

"이래서 푹 빠져드는 거구나."

"그러게."

미라 역시 같은 생각이라는 듯 휴대폰을 바라봤다. 보조 배터리를 연결한 휴대폰을 손에 든 상태가 벤치에서 일어났다.

"어떻게든 단서를 찾아야 하는데 말이야."

"링크 주소 주고 조사해 달라고 하면 어때? 그 탐정 아저 씨한테."

"일단 그래 봐야겠어. 그리고 계속 게임을 하면서 단서를 찾아봐야지."

"괜찮겠어?"

미라의 걱정스러운 물음에 상태는 괜찮다는 표정을 지었다.

"그럼, 내가 이런 거에 빠져서 못 헤어날 거 같아?"

"믿어. 대신 어려운 일 있으면 꼭 알려 줘. 알았지."

"그래, 등급이 올라가면 여기저기 가 볼 수 있는 곳들이 늘어나는 것 같아. 그러면 단서를 찾을 수 있겠지. 마스터의 정체도 포함해서 말이야."

"조심해. 보조 배터리는 내일 돌려줘."

걱정스러운 표정을 남긴 미라가 교문으로 나갔다. 상태도 준혁 아저씨에게 카톡으로 앱의 링크 주소를 보내고 일어났다. 집으로 가던 중에 준혁 아저씨한테 전화가 왔다.

"야! 너 하얀 돌고래인가 뭔가 하는 게임을 하는 거야?"

"네, 한우가 이걸 하다가 마지막에 스스로 목숨을 끊은 거 같아서요."

"그런 걸 너도 하면 어떡해. 상태도 안 좋은데."

"이 와중에 농담을 하다니, 정말 대단하십니다."

"링크 보내 준 거 강 형사한테 보냈는데 영장 없으면 조사를 못 한대. 자기가 무슨 만물의 영장도 아니고 말이야."

상태는 이번에는 짜증을 낼까 했지만 꾹 참았다. 횡단보도에 도착할 즈음, 자기의 아재 개그에 웃음이 폭발했던 준혁 아저씨의 목소리가 다시 들렸다.

"그래서 아는 해커한테 부탁해 보려고."

"해커도 알아요?"

"내가 비록 컴퓨터는 못하지만 사람은 많이 알잖아. 무슨 무슨 마녀라고 부르는 해커 팀이 있는데 도와줄 거야."

이럴 때는 정말 쓸모가 있다고 생각한 상태가 고맙다는 말을 남기고 통화를 끝냈다. 휴대폰을 주머니에 넣으려는데 하얀 돌고래 게임 앱에서 오늘 수행할 6단계 미션을 보내 왔다.

"뭐야, 이건."

생각보다 강도가 높아서 잠깐 얼굴을 찡그렸다. 그리고 횡단보도를 건너다 멈칫하고 말았는데, 그 바람에 뒤따라오던 아저씨와 부딪쳤다.

"죄송합니다."

아저씨가 짜증 난다는 표정으로 쏘아보고는 그대로 걸어갔다. 상태는 걸음을 멈춘 채 횡단보도 건너편의 건물을 올려다봤다. 건물 2층에 검정색 해골이 붙어 있었다. 상태는 재빨리 횡단보도를 건너가 그 옆에 적힌 글씨를 읽었다.

"검정 해골 PC방?"

검정 해골로 된 아바타가 떠오른 상태는 곧장 2층으로 올라갔다. 투명한 칸막이가 있는 좌석들 너머로 카운터가 보였다. 짧은 머리를 한 남자 알바생이 돌아서서 라면을 끓이는 중이었다. 그 앞에 있는 키오스크에서 1시간짜리 카드를 사서 자리에 앉았다. 컴퓨터를 켜고 헤드셋을 쓴 채 주변을 살펴봤다.

'여기에 자주 오거나 일을 하고 있는 거 아닐까?'

계속 두리번거려 봤지만 눈에 띄는 사람은 없었다. 사실 나이나 성별 모두 알 수 없었으므로 찾을 만한 단서가 전혀 없었다. 결국 하얀 돌고래 게임을 화면에 띄워 놓고 아바타들과 얘기를 나눴다. 쓸데없는 잡담을 나누면서 새로 유튜브에 올라온 미션 수행 영상들을 보며 1시간을 채운 상태는 결국 눈에 띄는 사람을 찾지 못한 채 PC방을 나왔다. 그러면서 오늘 해야 할 미션을 어떻게 수행할지 계속 고민했다.

다음 날, 한쪽 발을 절룩거리며 등교하는 상태를 본 미라가 다가왔다.

"다리 다쳤어?"

"여섯 번째 미션이었어."

"뭐가?"

"벽을 발로 힘껏 차는 거."

상태의 얘기를 들은 미라가 한심하다는 표정을 지었다.

"그걸 진짜로 했어? 그냥 시늉만 하지 그랬어."

"그러려고 했는데."

얼굴을 살짝 찡그린 상태가 덧붙였다.

"영상으로 찍어야 하잖아. 살살하면 안 될 거 같아서 있는 힘껏 걷어찼지. 영상을 올렸더니 다들 잘했다는 댓글을 달더라."

"딴 사람이 보고 이상하다고 신고 안 해?"

"비공개로 참가자들만 볼 수 있게 돼 있어."

상태의 얘기를 듣던 미라가 걱정스러운 얼굴로 말했다.

"한우도 그러다가 마지막 미션까지 가게 된 거잖아."

"그렇지. 착하고 내성적인 아이라 더 쉽게 빠진 것 같아."

지나가는 같은 학교 학생들을 보면서 대담한 상태는 어제 봤던 검정 해골 PC방에 대해 얘기했다. 미라가 끝나고 같이 가 보자는 말을 하고는 팔을 내밀었다. 상태는 부축을 받으며 교실로 들어갔다. 수업 시작 전, 반장이 휴대폰을 걷으러 다닐 즈음 준혁 아저씨에게 카톡이 왔다.

> 오늘 오후쯤에는 결과를 알려줄 수 있을 것 같아. 기다려.

상태는 휴대폰으로 온 카톡을 미라에게 보여 주고는 전원을 끈 다음 반장에게 넘겨줬다. 수업 시간 내내 상태는 한우와 하얀 돌고래 게임을 떠올렸다. 왜 평범한 아이들이 그런 이상한 게임에 빠져드는 걸까? 금방 답을 찾을 수는 없었지만 이해가 갔다. 아이들은 교도소 같은 학교에서 몇 시간씩 책상에 앉아 공부를 하면서 시들어 간다. 그렇게 시들어 가는 자신에게 물을 줘야 하는데 그게 담배와 폭력, 봉봉주스, 그리고 하얀 돌고래 게임 같이 파멸적인 게임들인 것이다. 이를 통해 자신을 파괴해 버리는 것으로 그 속박을 벗어나고자 했던 것이다. 상태는 한우가 뛰어내리기 전에 두 팔로 날갯짓을 한 게 하얀 돌고래 게임의 미션이었는지, 아니면 감옥 같은 학교에서 멀리 날아가고자 했던 본인의 의지였는지 궁금했다. 이런저런 생각을 하는 사이 수업이 모두 끝났다. 휴대폰을 돌려받은 상태는 바로 전원을 켰다. 가방을 챙긴 미라가 다가왔다.

"연락 왔어?"

"아니, 아직."

"어떻게 할래?"

그때 일곱 번째 미션이 도착했다. 살짝 얼굴을 찡그린 상태가 휴대폰을 주머니에 넣으면서 대답했다.

"일단 PC방에 가서 기다려 보려고."

"어디? 어제 가 봤다는 그 해골 PC방?"

"응. 어쩐지 검정 해골 아바타를 쓰는 참가자가 거기 있을 거 같아."

"그 사람은 미션을 몇 개까지 수행했는데?"

미라의 물음에 상태는 잠깐 생각에 잠겼다. 메타버스에서 봤던 검은 해골의 아바타 위에는 13이라는 숫자가 적혀 있던게 떠올랐다.

"13번까지 봤어."

"몇 번이 끝이지?"

"20번 대까지는 본 거 같은데, 그 이상은 없었어."

얘기를 주고받으며 PC방에 도착한 두 사람은 유리문을 열고 안으로 들어갔다. 아직 낮 시간이라 그런지 손님이 많지 않았다. 상태를 앞질러 간 미라가 키오스크에서 1시간권 두 장을 결제하고 티켓을 내밀었다. 자기 주머니 사정을 알고 미리 움직인 미라에게 상태가 웃으며 말했다.

"고마워."

"뭘."

나란히 앉은 두 사람은 화면을 켰다. 상태가 하얀 돌고래 게임 화면을 켜고, 새로 올라온 유튜브 영상들을 보여 줬다. 헤드셋을 쓰고 미션을 수행한 영상들을 본 미라가 고개를 절레절레 저었다.

"미친 거 아니야?"

"그런데 묘한 중독성이 있어. 처음에는 아주 가볍게 시작 했던 거 기억나?"

"응, 내 머리를 때린 게 시작이었잖아."

"5단계까지는 아주 쉬운 미션들이었어. 그리고 커뮤니티에 들어갈 수 있는 6단계부터 수위가 높아져. 그런데 같은 미션을 수행하는 사람들이 올린 유튜브 영상들을 보면 그게 또 쉽게 보이거든."

상태의 설명을 들으며 유튜브 영상을 보던 미라가 대답했다.

"확실히 그래 보이네."

"그런 식으로 점점 수위를 높이는 거지. 그러다가 마지막 에는……."

상태가 차마 말을 잇지 못하자 미라가 측은한 눈으로 바라봤다.

"여기 있는 사람들 중에도 또 다른 희생자가 나올지 몰라. 안 그래?"

"누가 이걸 만들었고, 참가자가 누구인지 정보를 알아야 하는데 말이야."

그렇게 유튜브에 올라온 미션 수행 영상들을 보면서 얘기를 주고받는데, 짧은 머리를 한 남자 알바생이 김이 펄펄 나는 라면을 가져왔다. 놀란 상태가 물었다.

"안 시켰는데요."

"서비스입니다."

짧게 대답한 남자 알바생이 라면을 내려놓고 카운터로 돌아갔다. 그 뒷모습을 보던 상태가 미라에게 말했다.

"봤어?"

"뭘?"

"손에 검정색 해골 반지 낀 거."

"못 봤어."

미라의 대답을 들은 상태가 두 손으로 머리를 감싸 쥐었다.

"그 아바타가 분명, 검정 헤골을 좋아한다고 했어. 그러니까 여기서 일하고 검정 해골 반지를 꼈을 수도 있잖아."

"그럼."

미라가 조심스럽게 고개를 빼고는 카운터 쪽을 바라봤다. 또 음식을 만드는지 돌아선 뒷모습이 보였다.

"어떻게 확인하지? 가서 물어 볼까?"

미라의 물음에 상태가 고개를 저었다.

"참가자들끼리도 서로 개인 정보를 물어 보거나 알 수 없어."

"그런데 저쪽은 널 알아차렸잖아."

"내가 하얀 돌고래 게임 화면을 켜 놓은 걸 카운터에서 봤을 거야. 그러면 더더욱 자기 정체를 밝히지 않겠지."

잠시 고민하던 상태의 눈이 반짝거렸다.

"휴대폰!"

"뭐라고?"

"휴대폰에 게임이 저장되어 있을 테니까 그걸로 확인하면 될 거야."

"어떻게 열 건데."

"방법이 있어."

의자에서 일어난 상태가 곧장 카운터로 걸어갔다. 미라가 조마조마해 하며 지켜보는 가운데 상태가 등을 돌리고 있는 알바생에게 다가가서는 뒷주머니에 넣어 둔 파란색 휴대폰을 꺼냈다. 놀란 알바생이 돌아보자 상태가 최대한 불쌍한 표정으로 말했다.

"휴대폰 한 번만 열어 주시면 안 돼요?"

"왜, 왜?"

놀란 알바생이 라면 냄비를 든 채 물었다. 상태는 휴대폰을 보여 주면서 말했다.

"인터넷으로 게임을 하는데 미션이라서요. 가장 가까이에 있는 남자의 휴대폰을 열어서 인증샷을 찍어야 해요."

상태의 거듭된 애원에 결국 알바생이 얼굴을 찌푸리며 승낙했다.

"라면까지 서비스로 줬더니……."

지문으로 휴대폰에 걸린 잠금을 풀어 주자 상태가 연거푸 고맙다는 말을 했다. 그리고 자기 휴대폰으로 사진을 찍는

척하면서 재빨리 휴대폰을 살폈다. 하지만 하얀 돌고래 게임 앱은 보이지 않았다.

'없네.'

알바생이 낙담한 표정을 짓는 상태에게서 자기 휴대폰을 가져갔다. 자리에 앉아서 기다리던 미라에게 돌아가는데 휴대폰이 울렸다. 민준혁이라는 이름을 확인한 상태가 자리로 돌아가면서 전화를 받았다.

"네."

"야, 어디야?"

"학교 근처 PC방이요. 왜요?"

"왜요는 일본요고."

철 지난 아재 개그에 힘이 쭉 빠진 상태가 물었다.

"무슨 일이세요?"

"대박이다. 대박."

"뭐가요?"

"하얀 돌고래 게임인가 뭔가를 만든 새끼가 누군지는 몰라도 완전 사이코야. 사이코."

"그 마녀 해커인가가 뚫은 건가요?"

"응, 방화벽인가 보안벽이 생각보다 수준이 높다고 하더니 아까 뚫었어."

"누군데요?"

"서버만 확인한 수준이라 아직 신원은 확인하지 못했어. 대신 비공개로 한 유튜브 영상들은 풀어냈어."

"미션 수행 영상이요?"

"그래, 매일매일 한 단계씩 높이는 거 말이야. 29단계가 자살이었어."

준혁 아저씨의 얘기를 들은 상태는 한우를 떠올렸다.

"한우가 그렇게 자살을 한 거군요."

"그건 그나마 낫지."

상태는 준혁 아저씨의 말에 발끈했다.

"뭐가 낫다는 거예요?"

"아니, 그런 뜻이 아니라. 해커가 이번 최종 미션이 뭔지 알아냈어. 얼마 전에 최종 미션을 바꿨더라고."

"자살하는 게 아니에요?"

"죽긴 죽지. 근데 혼자 죽는 게 아니야."

휴대폰을 바꿔 쥔 상태가 물었다.

"혼자 죽는 게 아니면요?"

"여럿이 같이 죽는 거지. 최종 명령어는 자기가 사는 집이나 직장에 불을 지르라는 거야. 그리고 자기도 빠져나오지 말라는 거고."

"동반 자살이군요."

힘이 쭉 빠진 상태의 대답에 준혁 아저씨가 말했다.

"그렇지. 다행히 참가자들 개인 정보를 알아내서 강 형사에게 넘겼어. 지금 전화 걸어서 게임 참여를 포기하라고 설득하는 중이야."

"그나마 다행이네요."

"강 형사가 엄청 고마워하더라. 내가 네 덕분이라고 했어. 다음에 밥 같이 먹자."

"알겠습니다. 게임 만든 사람이나 빨리 찾아 주세요."

"강 형사한테 얘기했어. 이제는……."

뒤에서 휴대폰 벨소리가 들린 건 바로 그때였다. 진화를 받은 사람은 방금 휴대폰을 보여 준 남자 알바생이었다. 무심코 돌아본 상태가 다시 통화하려고 고개를 돌렸다가 그대로 굳어졌다. 아까 뒷주머니에 있던 휴대폰은 파란색이었는데 지금 귓가에 대고 있는 건 회색이었기 때문이다.

"두 대였네."

상태가 중얼거리자 준혁 아저씨가 물었다.

"뭐라고? 뭐가 두 대야?"

"아니에요. 있다 전화할게요."

통화를 끝낸 상태가 알바생에게 다가갔다. 회색 휴대폰을 귓가에 댄 알바생이 신경질적인 목소리로 대꾸했다.

"안 돼요. 이제 마지막 단계인데 포기 못 해요. 할 거라고요. 당신이 경찰이면 다야!"

알바생은 화를 내면서 통화를 끝냈다. 그 광경을 지켜보던 상태가 상대방의 정체를 알아챘다.

"검정 해골!"

상태의 목소리를 들은 알바생의 얼굴이 일그러졌다. 그러고는 재빨리 라면을 끓이던 가스레인지 쪽으로 걸어갔다. 그걸 본 상태가 소리쳤다.

"안 돼! 하지 마요!"

주저하던 알바생이 고개를 저으며 가스레인지 앞에 섰다. 그리고 한 손에 든 칼로 가스 배관을 끊어 버렸다. 상태가 PC방에 있는 사람들에게 외쳤다.

"어서 도망쳐요! 다들 나가야 해요!"

웅성대던 손님들이 하나둘씩 일어났다. 그들이 유리문 쪽으로 오자 알바생이 앞을 막아섰다. 손에 요리할 때 쓰는 칼을 들고 있었다. 다들 어쩌지 못하는 와중에 울상이 된 상태가 말했다.

"제발 비켜요! 사람들 다 죽일 셈이에요?"

알바생이 칼을 겨누면서 외쳤다.

"게임을 끝내야 한다고! 게임을!"

그때 엎드리라는 미라의 목소리가 들렸다. 상태가 바닥에 엎드리자 미라의 기합 소리가 들렸다. 무술 유단자인 미라가 훌쩍 날아올라서 알바생의 가슴을 걷어찼다. 발차기를 당한 알바생은 충격에 못 이겨 뒤로 넘어졌고, 그 충격으로 유리문이 열렸다. 그 틈에 웅성대던 손님들이 우르르 빠져나갔다. 한숨 돌린 상태에게 미라의 목소리가 들렸다.

"좀 도와줘."

미라가 축 늘어진 알바생을 PC방 밖으로 질질 끌고 나가는 중이었다. 상태는 미라를 도와서 의식을 잃은 알바생을 PC방 밖으로 끌고 나왔다. 유리문에서 좀 멀어질 무렵, PC방 안에서 불꽃이 일렁거렸다.

잠시 후, 119 소방차들이 도착했다. 제복에 장비를 갖춘 소방관들이 계단을 올라왔다. 뒤따라온 구급대원들이 쓰러진 알바생을 들것에 실어서 데리고 내려갔다. 상태와 미라도 밖으로 나왔는데, 구경꾼들이 잔뜩 몰려와 있었다. 2층 창문으로 연기가 꾸역꾸역 흘러나왔다. 미라와 함께 서서 바라보는데 익숙한 목소리가 들렸다.

"상태야!"

고개를 돌리자 구경꾼들을 헤치고 준혁 아저씨가 모습을 드러냈다. 상태에게 다가온 준혁 아저씨가 두 팔로 어깨를 잡았다.

"괜찮아? 다친 데는 없고?"

"네. 없어요."

상태의 대답을 들은 준혁 아저씨가 연기가 흘러나오는 2층 PC방을 올려다봤다.

"네 덕분에 죽거나 다친 사람이 없어서 천만다행이다."

"때맞춰 전화를 해 준 아저씨 덕분이에요."

"창원이랑 대구에서 자기 집에 불을 지르려고 한 학생들이 있었는데, 다행히 소방차가 제때 출동해서 큰 불이 나지는 않았대."

"그러니까 진즉에 조사했으면 이런 일이 없었을 거 아니에요."

"나도 강 형사한테 뭐라고 했어. 그랬더니 자기들은 사고가 나야 움직일 수 있다나 뭐라나."

준혁 아저씨의 얘기를 들은 상태가 물었다.

"개발자는 아직 못 찾았어요?"

"해커가 단서를 경찰한테 넘겼어. 작정하고 나섰으니까 금방 잡겠지."

"어떤 놈인지 얼굴 좀 보고 싶네요."

듣고 있던 미라의 말에 준혁 아저씨가 물었다.

"만나서 뭘 물어 보려고?"

"물어 보긴요. 확 두들겨 패야죠."

그러면서 주먹을 불끈 쥐자 준혁 아저씨가 움찔했다. 그걸 본 두 아이가 서로를 바라보면서 활짝 웃었다.

하얀 돌고래 게임의 개발자는 며칠 후에 잡혔다. 그 소식을 들은 상태는 미라와 준혁 아저씨와 함께 한우의 집으로 갔다. 그리고 한우 부모님과 함께 경찰서에서 조사를 받고 나오는 개발자의 모습을 TV로 봤다. 게임 개발자 출신인 그는 자신을 마스터라고 부르면서 '왜 게임을 만들었냐'는 기자의 물음에 이렇게 답했다.

"삶을 너무 가치 없이 사는 사람들이 많아서, 그들에게 진정한 삶이 무엇인지 일깨워 주고 싶었습니다."

당당하다 못해 자신감에 찬 마스터의 모습에 한우의 어머니는 넋이 나간 표정으로 중얼거렸다.

"우리 아들이 얼마나 삶을 가치 있게 살았는데."

그러자 바로 기자가 질문을 이어갔다.

"그런데 미션을 수행한 비공개 유튜브 영상들을 해외의 다크웹에 팔았다고 하던데요. 그거랑 진정한 삶이 어떤 관계가 있습니까?"

뒤이어 그걸로 얼마나 벌었냐는 질문이 쏟아졌다. 당황한 개발자는 모자를 푹 눌러쓴 채 고개를 숙였다. 경찰들이 기자들을 물러나게 하면서 개발자를 호송차에 태웠다.

"그러니까 거창한 목적이 아니라 돈을 벌려고 게임을 만든 거네요."

상태의 얘기에 미라가 맞장구를 쳤다.

"진짜 나쁜 놈이야."

한우의 어머니가 그런 두 아이를 바라봤다.

"그래도 너희 둘 덕분에 우리 한우를 편하게 보낼 수 있을 것 같구나. 고맙다."

한우 아버지는 계속 울기만 했다. 의자에서 일어난 상태가 말했다.

"한우한테 작별 인사하고 갈게요."

한우 어머니가 아들의 방을 바라보면서 대답했다.

"그래라. 한우도 반가워할 거야."

상태는 미라와 함께 한우의 방으로 향했다. 조심스럽게 문을 열자 주인 없는 방의 모습이 보였다. 상태가 나지막한 목소리로 말했다.

"잘 있어. 한우야."

유튜브는 광활한 바다와 같습니다. 정말 많은 정보들을 빠르고 쉽게 얻을 수 있고, 알고리즘 덕분에 관심을 가진 분야에 더욱 더 쉽게 접근할 수 있습니다. 하지만 빛이 있으면 어둠이 있는 법. 유튜브는 종종 우리에게 괴물처럼 다가옵니다. 특히 러시아에서 시작됐다고 전해지는 '흰긴수염고래 챌린지'는 유튜브를 비롯한 SNS의 어둠을 보여줍니다. 불특정다수의 청소년들에게 미션을 수행하라는 메시지를 보내고, 메시지를 받은 청소년은 그걸 시행하는 영상을 찍어서 올립니다. 처음에는 아주 간단한 것에서 시작했다가 점차 선을 넘고, 마침내는 자살로 이어집니다. 사람들은 말도 안 된다고 생각하겠지만 관련 자료를 보면서 어쩌면 우리 청소년들에게도 이런 일이 벌어질지 모른다는 걱정이 들었습니다. 그런 걱정을 바탕으로 〈하얀 돌고래 게임〉이라는 이야기를 써 봤습니다. 지금까지 많은 글들을 써 왔지만 이번만큼 무서운 적이 없었습니다. 하지만 두려움을 억누르고 여러 사람들에게 알리고자 하는 마음으로 썼습니다. 이런 일들은 부디 제 글에서만 보시기 바랍니다.

차무진 | 소설가. 2010년《김유신의 머리일까?》로 데뷔했고,《해인》,《모크샤, 혹은 아이를 배신한 어미 이야기》,《인더백》과《좀비 셜록》(공저) 등을 발표했다.《태초에 빌런이 있었으니》에 참여함과 동시에《스토리 창작자를 위한 빌런 작법서》도 내놓았다.

꼬르모의 방

1.

엄마가 방문을 열었을 때 나는 침대에 앉아 아늑함과 포근함에 젖어 들기 직전이었다.

헤드셋을 착용했기에 엄마가 얼마나 세게 문을 열었는지 알 수 없었다. 다만 방문 앞에 선 엄마 표정이 몹시 일그러져 있어 나는 엄마가 화가 많이 났구나, 하고 생각했을 뿐.

엄마 입 모양이 "너어어!"라는 형태였다.

내가 헤드셋을 벗자 막 창문을 열었을 때의 소음처럼 방 안에 잔소리가 가득 울리고 있었다.

고음의 마귀할멈 같은 소리.

"왜?"

"너어! 또 SMAR 듣지? 대체 하라는 공부는 안 하고 왜 그렇게 시간을 낭비하지? 너 이제 고1이야. 고1이면 그렇게 멍청하게 시간을 허비할 때가 아니라고. 대체 무슨 생각을 하고 사니? 다른 애들은 학원이다, 추가 수업이다, 정신없이 공부하는데 너는 대체……."

"대체! 대체! 대체, 뭐?"

"어머머, 애 좀 봐."

엄마가 어이없다는 듯 나를 봤다.

나도 지지 않고 엄마를 노려봤다.

기분이 좋지 않은 건 나도 마찬가지다.

"엄마는 대체라는 말을 너무 많이 해!"

"시끄러워! 당장 유튜브 지워! 그 말도 안 되는 소리가 대체 뭐가 좋다고 듣는 거야?"

"말도 안 되는 소리?"

"그래, 네가 듣는 유튜브 채널, 말도 안 되는 소리를 틀어주는 거잖아. 무슨 애가 그런 데 빠져서는……."

"아니, 왜? 난 말도 안 되는 소리 나오는 유튜브 좀 들으면 안 돼? 아빠도 소파에 누워서 하루에 몇천씩 오른다며 돈돈 하는 주식 채널 보잖아. 엄마도 회개하라고 소리 빡빡 질러대는 사이비 목사 설교 듣잖아. 그것들은 말이 되는 소리였어?"

"어머, 얘가!"

"내가 꼬르모 방송 듣는 게 뭐가 나빠?"

엄마가 으르렁거렸다.

"좋은 말로 할 때 당장 유튜브 지워."

"싫어."

나도 지고 싶지 않았다.

엄마가 내 스마트폰을 낚아채서 책상에 던졌다.

"악, 내 폰, 왜 던져?"

"엄마는 어른이야. 넌 학생이고. 유튜브를 보든 게임을 하든 어른은 상관없어. 자기 행동에 책임을 질 수 있으니까. 하지만 넌 아직 학생이야. 너도 어른이 되면 네 맘대로 해. 아직은 안 돼. 그리고 목사님이 널 얼마나 이뻐해 주셨는데 그분한테 사이비라고 하니?"

"씨."

"뭐, 씨이?"

나는 엄마를 노려봤다.

내가 보고 있자 엄마는 보란 듯 자기 스마트폰을 꺼내더니 액정에 대고 뭔가를 했다. 엄마 손가락이 바쁘게 움직였고 손이 멈췄을 때, 엄마는 회심의 미소를 지어 보였다.

서, 설마!

나는 침대에서 내려와 엄마가 던져 놓은 책상 위 내 스마트폰을 얼른 집어 들었다.

으악.

내 스마트폰 화면에서 유튜브 앱이 깨끗하게 지워져 있었다.

"엄마!"

"네 폰이랑 엄마 폰 연결돼 있어. 그저께 통신사에 청소년 프로그램 제어 신청을 하니까 간단하더라. 네가 통신사를 바꾸지 않는 이상, 네가 뭘 하는지 손바닥 들여다보듯 알 수 있다고. 네가 인터넷하는 시간도 엄마가 지정할 수 있고. 일단 한 시간 넣어 놨다. 그리고 네가 설치하는 앱도 전부 지울 수 있어. 넌 이제 유튜브 못 봐!"

"지금, 날 감시하겠단 거야?"

"당연하지."

"……마귀할멈. 신고할 거야."

"신고해. 나도 너 고소할 테니까."

"뭐, 고소? 내가 뭘 잘못했는데?"

"뭐든. 너 하나 고소 못 할까 봐? 그러니 먼저 신고해. 변호사 선임할 돈도 준비해야 할 거야."

"그게 딸한테 할 소리야?"

"마귀할멈은 할 소리야, 엄마한테?"

"엄마!"

"공부해. 공부. 공부만이 살길이야. 그리고 너 불면증 약도 끊을 거야."

엄마는 획, 뒤돌아서 방을 나가려다 다시 돌아봤다.

"엄마, 한 시간 동안 요가방에서 운동할 거니까 방해하지 마. 내가 묶어 놓은 폰 사용 시간 풀어 달라고 하지 말라고."

"나 죽어 버릴 거야!"

"이게 엄마한테!"

"흥!"

엄마는 2층에 있는 요가방으로 올라갔다.

나는 침대에서 이불을 마구 발로 차며 뒹굴었다.

"으아아. 유튜브를 지워 버리면 어떡해."

내가 폭력적인 영상을 보는 것도 아니고, 야한 영상을 보는 것도 아니다. 그저 유튜브에서 방송하는 ASMR을 들으며 긴장을 풀려고 했을 뿐. 그게 뭐가 잘못된 거냐고?

ASMR란 자율감각쾌락반응(Autonomous Sensory Meridian Response)의 약자다. 청각을 자극하는 소리를 들으며 시각적, 촉각적, 후각적으로 상상해 심리적인 안정을 느끼는 행위.

지식백과사전에 찾아보면 심리 안정과 집중력과 불면증에 도움을 준다고 나온다. 사실 내 마음에 들지 않은 내용도 있다. 어떤 전문가는 연구가 아직 덜 돼서 자료가 부족하고 의학용어도 아니기에 그저 인터넷 방송이나 유튜브에서 상업

용으로 쓰일 뿐이라고 말한다. 많은 유튜브 크리에이터들이 그런 방송을 하는 건 사실이다.

하지만 나는 그런 거 따지지 않는다.

나는 그 소리를 들으면서 편안함을 느낀다.

나한테는 그 소리가 불안한 내 마음을 달래는 유일한 안식처다.

내가 가장 사랑하는 것은 꼬르모의 ASMR 영상들이다. 다른 유튜버들이 내는 소리들은 전부 시시껄렁하다. 전혀 편안하지도 않고, 장난 같다. 오직 꼬르모 언니의 ASMR 소리만이 나를 깊은 잠에 들게 한다. 꼬르모 언니가 말하는 것만 들어 봐도 정신분석학 공부를 많이 한 사람 같다.

특히 내가 좋아하는 것은 꼬르모의 귀파기 영상이다.

꼬르모 영상은 내 모든 화를 잠재우고 정신을 편안히 녹인다.

고백하자면, 나는 지독한 불면증과 우울증이 있다.

중3이던 작년에 엄마가 나를 강제로 미국의 무슨 병원과 연계된 재단으로 유학을 보냈다. 엄마가 아는 교수 추천이었는데, 나는 그곳 기숙사에서 6개월을 머물렀다. 결과부터 말하면 원래는 3년을 있어야 했는데 6개월 만에 돌아왔다. 아무튼, 그때 불면증이 생겼다. 한동안 잠을 자지 못해 낮과 밤이 바뀌었고 그 때문에 학교에서도 힘들었다.

그 불면증을 꼬르모의 영상으로 극복했다.

처방받은 독시라민숙신산염으로도, 아, 독시라민숙신산염은 불면증 때문에 처방받은 약이다. 약으로도 해결할 수 없었던 내 불면증을 꼬르모가 고쳐 주었다. 그때부터 나는 꼬르모를 믿고 의지하고 있다.

꼬르모의 ASMR은 구름보다 부드럽고 바다보다 평온하다. 엄마는 교회에 나가면 천국에 갈 수 있다고 믿지만 나는 교회에 가지 않는다. 이미 천국을 경험한걸. 진짜 천국이 있다면 꼬르모가 만들어 주는 소리가 바로 천국일 테니까.

유튜브 크리에이터 꼬르모 언니의 정체는 아무도 모른다.

꼬르모 언니는 방송에서 절대로 얼굴을 내보이지 않기 때문이다. 방송에서 언니는 목 아래만 보여 준다. 손과 어깨와 상체는 보이는데, 구독자들한테 아늑한 소리를 들려주기 위해 여러 도구를 만지고 다루는 가늘고 하얀 손을 보면 엄청 예쁜 여성일 것 같다.

비록 꼬르모 언니 얼굴은 모르지만, 언니의 작고 귀여운 목소리는 너무너무 익숙해서 엄마 같은 느낌이 든다.

정말이다.

엄마 같은 소리.

몽글몽글해지는 기분에 가슴이 콩닥거리고 스르륵 눈이 감기게 만드는 말소리가, 어쩌면 그리 다정하고 앳되고 나른

할까. 구슬이 달그락거리며 바닥을 구르는 소리 같기도 하고, 작은 물방울이 튀는 소리 같기도 하다. 만약 내가 엄마 자궁 속에서 어떤 소리를 들었다면, 그건 꼬르모 언니의 말소리였을지도 모른다.

언니의 ASMR 방송은 이렇다.

"귀를 한번 파 볼까요?"

사그락, 사그락.

고성능 마이크 앞에서 입으로, 솜으로 작은 소리를 낸다.

"여기 귀지 있다. 움직이지 말아요."

언니는 기가 막히게 소리를 배합하고 나눌 줄 안다.

바스락거리는 이불 소리, 꼴깍 침 삼키는 소리. 삭삭 귀 파는 소리. 또 언니가 내쉬는 편안한 숨소리.

마치 진짜 귀를 파는 것 같아 숨을 조인 채 어깨를 움츠리며 듣고 있으면 어느새 아득한 어둠으로 빨려 들어가는 것 같다.

귀 파는 것뿐 아니라 다른 소리도 내 준다.

비닐을 만지는 소리, 톡톡 무언가를 두드리는 소리, 찐득한 슬라임을 만지는 소리, 찰찰거리며 팩을 하는 소리, 오물오물 젤리 먹는 소리, 세숫대야에 물을 받아 놓고 쪼르륵거리는 소리 등.

그 수많은 소리를 들으며 나는 잠을 청한다.

그러고 깨어나면 아침.

나는 가뿐하게 하루를 시작할 수 있다. 특히 시험 전날에는 꼭 꼬르모의 ASMR을 들어야만 한다. 한마디로 꼬르모 언니는 나의 정신적 지배자다.

나도 스트레스가 많다. 한때는 정신과 치료를 받기도 했고. 어른들은 자기네가 스트레스가 많다고 하지만 솔직히 고등학생인 우리도 어른들 못지않다. 아니 어른들도 한때 고등학생이었으니 잘 알 거 아니냐고. 다시 수능을 보는 고등학교 시절로 돌아가라고 한다면 아무도 돌아가려고 하지 않을 거면서.

아무튼 나는 매일 머리 아프고 짜증이 나는 것을 잊으려고 ASMR을 듣는다. 특히 나한테 가장 스트레스를 주는 엄마와 싸웠을 때.

속으로 내가 얼굴도 모르는 유튜브 방송하는 사람에게 너무 의지하고 있다고 생각하겠지.

맞다. 맞는 말이다.

그 이유를 설명할 수 있다. 솔직히 엄마 때문이다.

엄마에 관한 모든 게 싫다.

마귀할멈 같은 눈빛과 카랑카랑한 목소리와 내가 하는 일이라면 모든 걸 대놓고 막는 진정한 빌런이다.

의사인 엄마는 자기 딸이 대학에 떨어질까 노심초사한다.

나는 대학교 따위는 가고 싶지 않다. 흥미도 없고. 재미도 없고, 가서 뭐 하나 싶고. 내 꿈은 유튜브 크리에이터다. 꼬르모 언니처럼 사람들한테 멋진 위안을 주는 방송을 하고 싶다.

나는 머리가 좋은 편이 아니지만 엄마와 아빠의 기대를 저버리지 않으려고 열심히 노력했는데, 이제는 노력조차 하고 싶지 않다.

특히 미국에 있을 때 나는 사무치도록 엄마가 그리웠지만 엄마는 나를 구해 주지 않았다. 그래, 이제 미국에 있는 동안 불면증을 얻은 이야기를 해야겠다. 미국에 있을 때 나는 정말이지 버려진 줄 알았다. 그곳에서는 매일 울었던 기억밖에 없다.

샌디에이고에 있는 게임회사에 다니던 고모가 주말에 나를 보러 왔다가 내 상태가 심각한 것을 알고 아빠한테 전화해줘서 간신히 한국으로 돌아올 수 있었다. 그 후로 나는 내 인생을 부모한테 맡기지 않겠다고 마음먹었다. 외롭게 그 낯선 땅에서 반년을 지내면서 성격이 완전히 바뀐 거다.

좀 싸가지 없는 소리 같겠지만, 이제 나는 엄마와 아빠를 의지할 수 없는 타인이라고 생각한다. 미국에서 절실하게 깨달았다고나 할까.

나는 그때부터 오직 내 평온을 위해서만 노력하겠다고 마음먹었다. 내 안위는 나 스스로 찾아야만 했고, 내가 찾아낸

정답이 바로 꼬르모였다.

내가 한국으로 돌아와 병원에 다니며 힘들어할 때, 딱 그 유튜브 채널이 만들어졌으니까.

2.

그날 저녁, 엄마랑 아빠랑 함께 앉은 식탁에서 나는 숟가락도 들지 않고 앉아 있었다.

엄마는 내 반항을 모른 척 나를 쳐다보지도 않더라. 아빠는 그저 TV만 보고. 사실 말이 나와서 그런데 아빠는 엄마보다 더 차가운 사람이다. 아빠는 엄마에게도 나에게도 관심 없다. 둘 다 정신과 전문의인데 가족한테 왜 이러는지 모르겠다. 저러고도 병원에서는 환자들이 찾아오면 웃으면서 따뜻하게 상담하겠지. 흥.

아빠는 엄마와 내가 기 싸움 중이라는 것도 모른 채, 국을 후루룩 마시며 주식 그래프에 완전히 빠져 있었다. 아빠한테 하소연해 봤자 소용없다는 걸 안다. 아빠도 내 유튜브 중독을 못마땅하게 여기고 있으니까.

나는 스마트폰에 유튜브를 다시 설치할 수 없었다. 구글 플레이에서 내려받을 때마다 곧 누군가에 의해 앱이 지워졌다. 뻔하다. 내 스마트폰을 제어할 수 있는 엄마 짓이다.

숨 막히듯 지루하고 답답한 식탁.

나는 숟가락도 들지 않은 채 있다가 벌떡 식탁에서 일어났다.

엄마와 아빠는 나를 보지도 않더라.

방으로 들어와 문을 쾅 닫았다.

스마트폰으로 못 듣는다면 다른 방법이 있다.

"흥. 노트북으로 들으면 되지!"

노트북으로 유튜브를 켜고 무선 헤드셋을 착용한 채 침대에 누워서 들으면 아무 문제 될 게 없으니까.

그때,

방문이 왈칵 열리더니 엄마가 나타났다.

엄마는 내 목에 걸린 무선 헤드셋을 확 벗겨 냈다. 엄마의 가늘고 흰 손이 이끌고 온 날카로운 바람이 내 머리카락을 휘릭, 무능력하게 날리게 했다.

내 헤드셋을 빼앗은 엄마는 쾅. 거실로 나가 버렸다.

냉전이다.

본격적인 냉전이 시작됐다.

그 일이 있고 난 후 나는 엄마와 대화하지 않았다. 처음에는 부글부글 끓었지만, 하루가 지나자 덜덜 몸이 떨려 왔다. 우울증과 불면증이 있는 나로서는 처방받은 약 대신 그 방송으로 치료한다고 생각했는데, 그걸 딱 끊었으니 불안감이 올라오는 거다. 나는 꼬르모 방송에 중독된 것이 분명했으니까.

하지만 방송에 중독된 것보다 그 방송을 듣지 못하는 것이 나한테는 더 치명적이다. 나는 중독을 원한다.

그럴수록 엄마가 더 미워졌고.

"으아아. 나한텐 꼬르모가 엄마라고. 할 수만 있다면 꼬르모한테 다시 태어나고 싶다니까!"

나는 지옥 같은 사흘을 보냈다.

유일한 친구인 지유의 스마트폰을 빌려 꼬르모를 들어 보기도 했지만, 내 방에서 듣는 것과 달랐다. 꼬르모의 ASMR을 들으면서는 무조건 잠을 자야 하는데, 교실에서는 불가능하다. 수업 시작이니, 아이들 떠드는 소리에 곧 깨어나야 하니까.

내가 불면증과 우울증을 꼬르모 방송으로 견디는 걸 잘 아는 지유도 고개를 절레절레 흔들었다.

"너희 엄마 정말 단단히 마음먹으신 거네."

"응. 미쳐 버리겠어. 엄마 때문에."

"야, 박민주, 근데 너 내가 봐도 유튜브 중독이야. 어찌 안 되겠냐? 너무 매달려 있잖아. 내가 너네 엄마라도 그렇게 했을 거야."

"이게."

지유도 한때 우울증으로 치료받은 적이 있다. 지금은 다 나았지만.

나는 어떻게 하면 가장 편한 자세로 꼬르모의 방송을 들으며 나만의 안온을 찾을까 고민했다.

"아. 진짜 내 폰으로 꼬르모를 듣고 싶다!"

아무리 생각해도 방법이 떠오르지 않았다.

3.

결국 나는 승복했다.

이건 얼굴 안 보고 말 안 하는 것으로 될 일이 아니란 걸 깨달았으니까.

마침 2층 요가방에서 나오는 엄마를 막아섰다. 엄마는 요가방에서 명상과 요가를 하는 취미가 있는데, 가끔 거기서 시간을 보내고 나올 때는 반드시 자물쇠를 채워 놓는다. 엄마는 아빠도 나도 그 방에 못 들어가게 한다.

언젠가 왜 그 방에 못 들어가게 하냐고 물어 보니, 엄마는 다른 사람의 기운이 방에 고여 있으면 요가에 집중하는 데 방해가 된다고 했다. 정신과 전문의인 엄마도 스트레스를 그 방에서 요가로 푸는 거라고.

하지만 나는 다르게 생각한다. 엄마가 그 방에 들어가서 외할머니 생각을 할지도 모른다는 것.

그 방은 예전에 외할머니께서 사용하시던 방이다.

일 년 전 외할머니가 돌아가신 후, 엄마는 그 방을 자신만의 공간으로 사용했다.

내가 마지막으로 그 방에 들어간 건 미국에서 막 돌아왔을 때, 할머니의 유품을 정리하기 위해서였다.

할머니는 치매를 앓았다.

사실 나는 할머니가 돌아가신 후부터 엄마 아빠와 멀어졌을지도 모른다. 미국에 강제로 보내진 건 엄마가 외할머니와 나를 떼어 놓으려는 작정인가 싶을 정도였으니까.

나는 어릴 때부터 외할머니 밑에서 자랐다.

공부하느라 늘 외국에 있던 엄마 아빠보다 외할머니가 더 엄마 같았다.

외할머니가 내 배를 쓸며 "시야, 시야. 우리 민주 편하게 자라. 아프지 말고 자라. 시야, 시야", 하는 말씀이 세상에서 가장 좋았다. '시야, 시야'는 어린 나를 안심시키는 할머니만의 주문이었다.

엄마 아빠가 외국으로 공부하러 갔을 때 혼자가 된 나는 매일 할머니 품에서 그 주문을 들으며 잠들었다.

이후 낮은 소리나 속삭이는 소리를 들으면 알 수 없는 안도감에 마음이 편해졌다.

내가 미국으로 갈 때는 건강하던 할머니가 돌아왔을 때는 나를 알아보지 못하셨다. 할머니는 나를 기다렸다는 듯 돌아가셨다.

그때는 정말이지 엄마한테 몹시 화가 났다.

내가 6개월 만에 돌아오지 않았다면, 엄마 뜻대로 계속 미국에 있었다면 사랑하는 할머니 임종도 못 봤을 거 아니냐고, 따졌다. 정확하게 기억나지는 않지만 엄마한테 할 수 있는 최대한의 나쁜 말을 했던 것 같다.

엄마도 그걸 아는지 더는 미국에서 그것도 못 참고 일찍 돌아왔냐고 따지지 않았다.

할머니가 그리울 때마다 그 방에 들어가고 싶었지만, 엄마는 요가방으로 쓴다는 이유로 문을 걸어 잠갔다. 이후 나는 그 방에 얼씬도 하지 못한다.

"잘 때만 들을게요. 그러니 제발 유튜브 앱 깔아 줘."

2층으로 올라간 나는 요가방에 자물쇠를 채우는 엄마 등에 대고 공손하게 사정했다.

엄마는 대꾸도 하지 않았다.

나한테 단단히 화가 난 것 같았지만 얼굴은 무표정했다.

"다른 애들은 다 듣는단 말이에요."

엄마 시선은 오직 방 자물쇠를 돌리는 것에만.

찰카랑, 찰카랑.

엄마의 흰 손에서 나는 열쇠 묶음 소리가 반질반질하게 광택제가 발린 2층 나무 복도에 불안하게 울렸다.

"자꾸 이러면 진짜로 집 나가 버린다! 씨."

가출한다고 협박을 해도 엄마는 눈 하나 깜짝하지 않았다. 난 알아.

엄마의 저 방법은 목사님이 귀띔한 내용을 실천하는 중이라는 것을.

사실 엄마의 화를 돋우려고 사이비 교주라고 말했지만, 우리 교회 목사님은 좋은 분이다. 나이가 많은 분으로 항상 웃는 표정이고 자상하다. 늘 우리 집에 와서 나를 보고 가셨다. 돌아가신 할머니가 마지막까지 의지했던 분이고. 할아버지가 없는 나는 어릴 때 목사님이 우리 할아버지인 줄 알았다.

목사님이 엄마한테 민주의 우울증과 불면증에는 독이 되니 유튜브를 보여 주지 말고 원천 차단하시오, 하고 말했을 게 분명하다. 정신과 의사인 엄마의 정신적 조언은 목사님이 하신다. 어이가 없다.

엄마는 요가방 열쇠를 상의 주머니에 넣으면서 이렇게 한마디 했다.

"너, 자꾸 그러면 병원에 데리고 간다. 엄마가 보기에 네 상태는 심각한 게 아니야. 그러니 스스로 극복해."

엄마 전공도 정신과지만 성인 대상이다. 엄마 친구 중에는 소아정신과 전문의도 많다. 몇몇은 내가 아는 분이기도 하고.

미국에서 돌아온 내 상태를 본 엄마는 곧바로 엄마 동기가 운영하는 소아정신과에 나를 데리고 갔다.

나는 분리 불안과 우울증 진단을 받았다.

이게 말이 돼? 미국에서의 고립감과 외할머니의 죽음에서 느끼는 상실감 때문이었다고.

내 불면증은 거기서 생긴 거였고.

물론 지금은 우울증도 불면증도 사라졌지. 꼬르모가 치료해 준 거다.

엄마한테 거절당한 나는 내 방으로 들어와 문을 쾅, 하고 닫아 버렸다.

내 책상 위에는 노트북이 가만히 놓여 있었다.

노트북을 물끄러미 바라봤다.

헤드셋은 빼앗겼지만, 노트북 사운드로 유튜브를 들을 수 있지 않냐고? 그건 내 노트북 상태를 몰라서 하는 소리다.

내 노트북은 사운드가 먹통이다.

작년에 인강 듣다가 무슨 이유인지 갑자기 고장이 나 버렸다.

노트북은 외부 사운드만 작동하지 않을 뿐, 블루투스 헤드셋으로 들으면 소리가 잘 들린다. 그래서 엄마가 헤드셋을 빼앗아 갈 때 내가 발광했던 거다.

"으아. 벌써 헤드셋이 그리워!"

고모한테 선물 받은 내 소니 헤드셋은 아주 성능이 좋았다. 그것만이 외부의 음을 완벽하게 막고, 꼬르모가 내 주는 소리를 전부 내 몸에 흡수할 수 있게 해 주었다.

나는 쓸모없는 노트북을 쾅 닫았다.

그러다가 다시 노트북을 열었다.

"으으으. 그냥 영상이라도 보자."

노트북에 유튜브를 새로 설치하고, 소리 없이 꼬르모 영상을 봐야만 했다. 하지만 ASMR을 소리 없이 본다는 건 앙꼬 없는 찐빵과 다를 게 없잖아? 하지만 영상만이라도 필요했다.

사악한 엄마는 일찌감치 노트북에서도 유튜브를 지워 놓았다. 노트북에 유튜브를 재설치하기 위해 시작 탭에 기본으로 있는 마이크로소프트 스토어에서 앱을 검색했다.

그런데 찾을 수 없었다.

"이상하네. 무료 인기 앱 탭에 있을 텐데."

'무료 인기 앱'란에는 디즈니 플러스, 넷플릭스, 아이튠즈, 엑스박스, 아이클라우드 등 유명한 앱들이 보였지만 유튜브는 없었다.

"어라? 유튜브가 없을 리 없는데?"

죽 아래까지 검색했다.

한참 아래 빨간 네모 안에 삼각형 플레이 버튼이 있는 아이콘이 보였다.

"요기 있네. 헤헤."

엇. 아니네?

아니었다. 그건 유튜브 아이콘과 비슷했지만 달랐다. 하긴 유튜브 같은 유명한 앱이 한참 아래서 발견될 리가 없다.

"In유튜브?"

그 앱은 유트브와 아이콘 디자인이 같았지만 삼각형 옆에 In이라는 작은 글씨가 그려져 있었다.

"뭐냐. 속았잖아. 얼핏 보면 유튜브로 알겠네. 이 앱은 뭐지? 그냥 유튜브 아류 앱인가?"

그런 거 많잖아.

인기 있는 앱과 비슷하게 아이콘 만들어 놓고 유인하는 앱들. 그런데 커서를 갖다 대니 나오는 설명이 좀 이상했다.

[당신은 In유튜브로 당신이 구독하는 채널에 들어갈 수 있다!]

내가 구독하는 채널에 들어갈 수 있다고?

[Windows 8/8.1/10용 In유튜브 앱을 다운로드하세요. 세계의 인기 영상 속으로 직접 들어갈 수 있습니다. 좋아하는 채널을 구독하고, 원하는 기기에서 그 채널로 들어가 보세요. 시청뿐 아니라 직접 상황을 실감 나게 즐기세요.]

엥?

채널에 들어갈 수 있다니 이게 뭘까?

나는 노트북에 그 앱을 설치했다.

실행해 보니 그냥 방송 채널들이 쭉 간략하게 정리된 유튜브 메인 화면 같은 게 나왔다.

"뭐냐, 그냥 유튜브랑 똑같은 거잖아."

유튜브와 같은 영상들을 뿌려 주는 거면 그냥 이걸로 보자, 싶었다.

내 아이디도 똑같이 적용됐고.

내 구독 채널은 오직 하나. 꼬르모의 ASMR.

꼬르모 언니는 영상을 자주 업데이트하지 않는다. 2주에 한 편씩 올라오니까. 꼬르모 팬들은 언니가 매일 영상을 올리지 않는다고 화내지 않고 기존의 영상들을 반복해서 즐긴다.

워낙 사운드 디테일이 좋아서 기존의 영상만으로도 충분하다. 언니의 방송은 여러 번 들어도 질리지 않고 오히려 들을 때마다 새로운 뭔가가 있다. 그러니 영상마다 조회 수가 1000만이 넘지.

'아직 새 영상이 올라오지 않았구나.'

한 달 전부터 꼬르모 언니는 영상을 올리지 않았다.

가장 상위에 랭크된 영상인 '젤리를 먹어 보아요'는 조회 수가 800만.

가장 맨 위의 영상을 클릭했다.

늘 노란색 상의를 입는 꼬르모 언니의 상체, 그리고 책상 앞에 가득 놓인 꿀 젤리들.

언니가 젤리들을 하나씩 맛나게 먹는 장면이 나왔다. 언니가 바른 와인색 매니큐어의 손이 황홀하게 젤리 껍질을 벗기고 그것을 입으로 가져가는 장면. 영상에는 턱까지만 보였지만.

소리를 들을 수 있다면 얼마나 좋을까.

나는 사운드가 고장 난 노트북 화면으로 그저 꼬르모 언니의 영상을 멍하게 바라봤다.

"에이. 더 짜증만 나."

노트북을 끄려고 할 때 영상 아래 채널 주인의 공지 글이 보였다.

[주의: 댓글 창에 하고 싶은 말을 달고 마침표를 찍은 후 -345DFJFHSD+343 코드를 입력하세요. 그러면 영상 안으로 들어갈 수 있습니다. 단, 이 영상은 In유튜브 앱을 다운로드한 사용자들한테만 보여집니다.]

이게 무슨 소리지?

꼬르모 언니가 구독자들한테 쓴 공지 글인데.

원래 꼬르모 언니는 구독자들한테 댓글을 달거나 공지를

올리지 않기로 유명하다.

살펴보니 이 공지는 꼬르모 언니가 올린 공지가 아닌 것 같았다.

혹시나 싶어 다른 채널을 검색했다. 꼬르모 언니 외에 내가 좋아하는 '오르골의 먹방' 채널에 들어가 보니 거기에도 가장 최근 영상 아래 채널 주인의 공지 글이 보였다.

[주의: 댓글 창에 하고 싶은 말을 달고 마침표를 찍은 후

-345DFJFHSD+343 코드를 입력하세요. 그러면 영상 안으로 들어갈 수 있습니다. 단, 이 영상은……]

같은 멘트!

이건 꼬르모 언니나 오르골 님 같은 유튜브 채널 주인이 쓴 글이 아니라, In유튜브 앱에서 자체적으로 넣은 글이 분명했다. 몇몇 다른 채널을 살펴보니 모든 채널에 이 공지가 맨 위의 댓글로 쓰여 있었다.

그러니까 이건 In유튜브라는 앱의 개발자가 모든 채널에 공통으로 써 넣은 공지다. 마치 앱의 간판 소개 글처럼.

다시 꼬르모의 ASMR 채널로 들어온 나는 댓글 창에 이렇게 입력했다.

[엄마 때문에 며칠 언니 채널에 들어오지 못하다가 오늘 간신히 들어왔어요. 스피커가 고장 나서 언니가 내 주는 소리는 듣지 못하지만, 영상으로나마 잘 보고 있어요. 즐거운 추석 보내세요.-345DFJFHSD+343]

엔터를 치는 순간.

내 몸이 어디론가 빨려 들어가고 있었다.

"으아아악!"

4.

"여, 여기가 어디야?"

나는 어떤 작은 방 책상 앞에 앉아 있었다. 책상 위에는 다양한 색의 꿀 젤리들이 가득 놓여 있었고, 그 옆에는 커다란 바이노럴(Binaural) 마이크와 맥북 그리고 대형 모니터가 있었다.

책상 옆으로는 책상에 앉아 있는 사람을 촬영하는 카메라가 부착된 삼각대가 비스듬하게 서 있었다.

덩그러니 놓인 모니터에서 채널 구독자들이 입력하는 멘트가 줄줄이 정신없이 올라가는 것을 본 나는 나도 모르게 입을 틀어막고 말았다. 하마터면 내 거북목이 교정될 뻔했다.

"이곳은!"

꼬르모 언니가 방송하는 방 같았다.

다시 봐도 이곳은 꼬르모 언니가 방송하는 공간이 분명했다.

방송에서 언니는 늘 목 아래로만 자신을 드러내는데, 영상에서 뒤로 보이는 곰 인형과 바나나 쿠션이 딱 거기 있었기 때문이다. 한쪽 벽에는 전부 영어로 된 책들이 빼곡히 꽂힌 내 키만 한 책장이 있었는데, 책장의 한 칸에는 세울 수 있는 작은 거울이 놓여 있었다. 그것들도 익히 본 물건이고.

"으으악. 내가 왜 여기 있는 거야?"

이런 일이 벌어질 수 있는 건가?

이 방의 벽지는 어디서 본 것 같지만 기억할 수 없었다. 꼬르모 언니 방송은 언니의 상체만 잡고 있기에 벽지가 잘 보이지 않는다. 실제 들어와 보니 어딘가 익숙한 곳 같다고 느꼈지만, 그것은 아마도 꼬르모 언니의 방송을 너무 많이 봐서 그런가 싶기도 했다.

이건 리얼이야.

내, 내, 내가 유트브 안에 들어온 거라고.

노트북 화면에서 보이는 그 영상 안으로 들어온 거라고.

워프.

그게 실제로 일어났다고.

조용히 방문 손잡이를 잡고 돌려 봤다.

문은 열리지 않았다. 나는 이 방에 갇힌 것 같았다.

커튼 뒤의 작은 창문도 열리지 않았다.

창문 너머로 방범 쇠창살이 흐릿하게 보였다. 1층은 아닌 것 같았다. 어느 동네의 빌라 2층이나 3층 같은 느낌?

'꼬르모 언니가 이런 곳에서 살고 있었나?'

구독자 수를 보면 언니는 유튜브로 엄청난 수익을 올리고 있을 텐데, 방송하는 곳과 실제 지내는 곳이 다르구나.

그럴 수 있지. 뭐. 자기 집이 아닌 곳에서 일부러 허름한 공간을 만들어 놓고 불쌍한 척 방송하는 유튜브 크리에이터들도 많으니까.

나는 책상 위, 올려놓은 젤리들 옆에 있는 노트북 모니터를 유심히 살폈다.

말했다시피 젤리 먹는 방송은 한 달 전에 올라온 방송이다. 지금 책상 위는 그때 방송 현장 그대로인 상태로 그러니까 언니만 어디론가 사라지고 방송이 진행되는 실시간 상태.

지금 모니터에 줄줄이 빠르게 올라가는 것들은 한창 댓글을 다는 구독자들의 글이었다.

나는 너무너무 신기하고 기분이 묘했다.

언니가 방송하는 방에 들어와 있다는 것도 그렇고, 컴퓨터를 통해 유튜브 방송으로 들어올 수 있다는 것도.

'꼬르모 언니가 먹던 젤리구나.'

젤리 하나를 쏙 먹어 봤다. 새콤한 사과향 맛.

'진짜 꿈이 아니네.'

내가 젤리를 하나 입에 넣자 댓글이 올라오는 속도가 더 빨라졌다.

솔직히 겁이 났다.

여기 있다가 꼬르모 언니가 들어온다면?

꿈에도 그리던 유튜버의 얼굴을 볼 수 있을 것 같아 흥분되었지만, 한편으로는 난데없이 나타난 나를 보면 언니가 얼마나 기겁할까 싶었다. 차갑게 나를 보며 '너 누구니? 누군데 내 방에 들어와 있니?'라고 물으면, 뭐라고 대답을 하지?

왜냐고?

유튜브 방송 안으로 워프했다는 말을 믿을 사람이 세상에 어디 있겠냐고.

일단 내 방으로 돌아가야만 한다.

'어떻게 다시 돌아가지?'

아무리 주위를 둘러봐도 그저 카메라와 컴퓨터, 모니터 그리고 젤리뿐이다. 방문과 창문은 모조리 잠겨 있고.

방에 갇힌 채 나는 한동안 눈만 껌뻑거렸다. 모니터를 곰곰이 노려보다가 곧 어떤 생각이 떠올랐다.

'으흠. 이렇게 해 본다면.'

나는 꼬르모 언니의 컴퓨터를 껐다.

그 순간 시야가 캄캄해지고 다시 밝아지더니, 나는 내 방 의자에 앉아 있었다.

다시 내 방으로 돌아온 거다.

'역시. 워프를 끝내려면 그쪽 컴퓨터를 끄면 되는 거야.'

내 방으로 돌아온 나는 이 기묘한 앱의 근원을 찾으려고 노력했다.

노트북의 마이크로소프트 스토어에서 'In유튜브'를 치고 검색해 봤다. 없었다.

'뭐야. 아까는 있었는데 지금은 왜 없지'?'

불과 한 시간 전에 마이크로소프트 스토어에서 그 앱을 내려받았는데? 엄마가 지운 유튜브를 노트북에 재설치하기 위해 찾다가 스크롤바를 한참 아래로 내려서 'In유튜브'라는 이름의 아류 앱을 찾았잖아?

다시 찾아보려고 노력했지만 보이지 않았다.

In유튜브라는 앱은 어디에서도 찾을 수 없었다.

"그, 그렇다면 나 혼자만 받은 거야? 그 앱?"

5.

지유한테 전화를 걸었다.

"뭐함."

-학원.

"당장 편의점으로 소환."

-한 시간 뒤에 가능함. 학원 그때 끝나.

"그럼 편의점 말고 내가 너네 학원 앞으로 갈게. 베스킨에서 보자."

지유가 다니는 학원 앞 베스킨라빈스에 들어간 나는 먹고 싶은 아이스크림을 입력하고 파인트를 받아 들었다. 자리에 앉아 '엄마는 외계인'을 한 숟가락 뜰 때 지유가 헐레벌떡 들어왔다.

지유는 앉자마자 "와우, 뭐뭐 떴어? 치즈고구마구마 떴지?"라며 호들갑을 떨었다. 물론 지유가 좋아라, 하는 치즈고구마구마를 떠 놓았지.

나는 아이스크림통을 지유한테 안기고는 지유 스마트폰을 낚아챘다.

지유 폰에는 유튜브가 설치되어 있었다. 타인의 폰에도 그 앱이 설치될 수 있는지 확인해 보고 싶어 In유튜브라는 앱을 검색했지만 찾을 수 없었다.

"지유 너, 태블릿 있지?"

"응. 왜?"

"꺼내 봐."

"왜?"

"빨리! 확인할 게 있어."

지유의 태블릿으로도 마이크로소프트 스토어를 뒤졌다.

역시 In유튜브라는 앱은 찾을 수 없었다.

나는 가방에서 내 노트북을 꺼냈다.

바탕화면에는 어제 받은 앱이 또렷이 남아 있었다. 클릭하자 유튜브와 똑같은, 하지만 아래 수상한 공지 댓글이 있는 화면이 나왔다.

리얼이다.

나는 다시 놀라면서도 확신에 찬 상태로 노트북 화면을 응시했다.

이 앱은 역시, 나만 받은 게 분명해.

"뭐 해? 엄마가 유튜브 다시 허락하신 거야?"

지유가 아이스크림 숟가락을 빨면서 물었다.

나는 주먹을 불끈 쥐고 외쳤다.

"오 마이 가뜨! 나 이제 유튜브 크리에이터 될 수 있어!"

"지금 무슨 말을 하는 거야?"

"으흐흐흐흐."

"야, 박민주. 정신 차려!"

지유가 부르는 소리를 무시하고 나는 노트북을 가방에 넣고 다시 집으로 왔다.

가슴이 콩닥거렸지만 한 번 더 꼬르모 방으로 들어가 볼 작정이었다.

In유튜브 앱은 나만 받았다는 것을 확인했고, 이 앱 안에

한 번 들어가 봤다. 두 번째도 성공한다면, 나는 진짜 대박 판타지 세상에서 놀 수 있는 거다.

우선 노트북을 켜고, In유튜브를 실행했다.

역시나!

꼬르모 언니 방에 들어가 있는 나!

저번처럼 방에는 아무도 없다.

저번과는 하나만 빼고 똑같았다. 책상 위에 젤리 대신 키보드가 놓여 있다는 것.

실시간으로 꼬르모 언니의 구독자들이 채팅 창에서 환호하고 있었다.

└ xin: 와우, 꼬르모 님 등장!

└ 모로꼬 코자: 여태 듣기만 하다가 이렇게 글 남기는 거 처음이에요. 언니 진짜 너무 멋져요. 사랑해요. 징짜ㅠㅠ

└ 밤잠내놔: 너무 기다렸어요. 언니의 롤플은 최고!

└ 짠짠: 꼬르모 님 이번에는 무슨 소리를 들려주실 건가요?

└ 행복천사마왕: 이히. 드뎌 꿀잠 자게 생겼다.

└ 감귤: 정성스런 언니의 영상들을 늘 감사히 보고 있는데 이렇게 실시간으로 만나게 될 줄이야.

└ asmr1111: 나 이제 눈 감았어요, 언니. 준비됐다고요!

나는 사람들이 나를 꼬르모로 알고 있는 게 신기했다.

옵션을 만질 줄 몰라서 그냥 조심스레 댓글 창에 인사 글을 써 넣었다.

└ Cormo: 안녕하세요.

그러자 사람들이 마구 환호했다.

댓글들이 정신없이 올라가는 바람에 읽을 수가 없었다.

└ sarah: 꼬르모 님, 얼굴 보여 주세요!

나는 내 얼굴을 카메라에 대 봤다.

└ sarah: 꼬르모 님 얼굴 처음 봐요. 진짜 예뻐요.

└ lovely m: 꺅! 이제야 언니 얼굴을 보다뉘!

└ 지수: 언니 나 오늘 진짜 잘 들어왔네요. 언니 얼굴을 볼 수 있어서.

책상 위의 노트북 화면이나 대형 모니터 화면에는 내 얼굴이 드러나는 창이 있었지만, 사용자 얼굴을 볼 수 없도록 검게 블락되어 있었기에 나는 내 얼굴을 볼 수 없었다.

하지만 구독자들은 내 얼굴을 볼 수 있었다. 진짜 꼬르모는 얼굴을 안 보여 준 반면, 내가 얼굴을 드러내자 다들 마구 환호하고 있었다. 채팅 창에 댓글이 읽을 수 없을 정도로 빠른 속도로 올라가고 하트 이모티콘이 정신없이 날아왔다.

기분이 나쁘지 않았다.

아니 솔직히 너무 좋았다.

사람들이 나를 꼬르모로 알고 있는 게 신기했다. 내 옆 삼각대에 올려진 니콘 카메라는 붉은 불빛을 반짝이며 열심히 돌아가고 있었다.

'좋아. 그렇다면 본격적으로 꼬르모가 되어 볼까나.'

나는 음흠, 목소리를 가다듬은 후, 이렇게 말했다.

"오늘은 키보드를 쳐드릴게요. 행복한 잠 이루시길요."

또각, 또각, 또각.

그날 나는 파워 유튜버 꼬르모가 되어 사람들한테 아름다운 소리를 내 마음대로 실컷 들려주었다.

정말 재미있고 뿌듯한 시간이었다.

내 방으로 돌아온 나는 곰곰이 생각에 잠겼다.

그래, 복수! 복수를 하자!

긴 생각을 마친 나는 계획을 실행하기로 했다.

우선 노트북을 켜고 In유튜브를 열었다. 검색 창에 아빠가 들어가는 '쭉쭉 올라가는 주린이 만세'를 입력하고 사이트에 접속했다.

그리고 댓글 창에 이렇게 입력했다.

[박동철 메롱. -345DFJFHSD+343]

어느새 나는 작은 무대 위, 블루스크린 앞에 서 있었다.

'으악. 눈부셔!'

앞에는 카메라를 잡은 피디가 있었고 그 옆에 스태프 두 명이 대본을 보고 있었다. 이름 모를 스튜디오 안이었다.

'여긴 사람들이 왜 이렇게 많아?'

난데없이 나타난 장소에서 조명과 사람들을 본 나는 기겁할 수밖에 없었다. 내가 서 있는 곳은 '쭉쭉 올라가는 주린이 만세'를 진행하는 유튜버 자리였다. 아빠가 매일 들여다보는 영상이다. 화려한 스튜디오 중앙에 나타난 나는 조명에 눈을 찌푸리며 어쩔 줄 몰라 했다. 하지만 누구도 나를 이상하게 생각하지 않았다.

"자, 주식대마왕 님, 곧 촬영 들어갑니다. 화면에 나온 얼굴 한번 확인해 주세요."

피디가 나를 보고 말했다.

나는 기억한다. 아빠가 늘 보던 유튜브 영상 속, 주식을 설명하는 안경 낀 남자 이름이 주식대마왕이었다.

"얼굴요?"

"네. 주식대마왕님 얼굴이 화면에 잘 나오는지 확인하시라고요. 머리 스타일과 화장이 잘 먹었는지도 보시고."

앞에 있는 커다란 모니터를 봤는데.

으아아아.

나는 또 한 번 놀라고 말았다.

모니터에는 무대에 서 있는 유튜버를 비추는 창이 크게 나 있었는데 맙소사, 그 얼굴은 내가 아니었다.

나는 50대 대머리 아저씨가 되어 있었다.

'내, 내가 주식대마왕?'

순간, 나는 분명하게 모든 걸 깨달았다.

In유튜브에 들어가면 내가 거기 크리에이터의 모습이 된 다는 것을.

'그렇다면 그때도 꼬르모 언니로 변해 있었던 거네?'

평소 꼬르모 언니의 얼굴을 볼 수 없었던 꼬르모 채널 독 자들이 환호하는 것을 보고, 나는 그들이 내 얼굴을 꼬르모 로 알았다고 생각했다. 하지만 그때 나는 진짜 꼬르모의 모 습을 하고 있었던 거다.

이 설명할 수 없는 앱 속으로 워프하면 그 채널의 유튜버가 되는 신비로운 판타지를 경험할 수 있다니. 하하하.

'이제 아빠를 골탕 먹일 시간!'

주식 전문가가 된 나는 방송하는 동안 여러 회사의 주식들 을 구독자들한테 제시했다. 주식의 '주'자로 모르는 내가 어떤 주식을 추천했냐고? 뭐, 이름이 예쁜 회사, 강아지 도와주는 회사, 바다거북을 구해 주는 회사 등이었다. 한눈에 내 마음에 드는 회사들을 내 마음대로.

"있는 돈을 다 끌어모아서, 집도 팔고 땅도 팔아서 전부 이 주식을 사세요! 저를 믿고 무조건 사세요. '세이브 더 거북 앤드 용왕님' 회사 주식!"

다음날 식탁에서 본 아빠 얼굴은, 후후 말하지 않겠다. 아빠는 내 말을 믿고 가진 주식을 다 팔아서 바다거북을 구하는 회사에 몽땅 투자하신 것 같더라고.

나는 아빠가 낙담하는 모습을 보고 속으로 방방 뛰었다. 아빠 돈을 날리게 한 것에 죄책감이 안 들었냐고? 평소 나한테 무뚝뚝하게 대한 것을 생각하면 이 정도는 껌이다. 게다가 뭐 아빠한테는 손해일지라도 바다거북들한테는 좋은 일을 한 거니까. 후후.

다음은 엄마 차례.

엄마는 아빠보다 더 미운 존재지만 복수는 더 간단했다.

나는 엄마가 다니는 교회에서 실시간으로 중계하는 예배 프로그램으로 워프했다.

나는 담임 목사님의 모습이 되어 예배를 집도했다.

"김혜양 권사, 당장 당신의 딸, 박민주 양의 스마트폰을 풀어 주시오. 왜 딸의 사생활을 그렇게 간섭하시오! 딸이 하고 싶은 대로 내버려 두시오. 그게 사랑과 평화를 강조하신 예수님의 뜻이오!"

다음날 우리 엄마 김혜양 씨는 스마트폰 제어프로그램을 지운 것 같았다. 나는 이제 내 스마트폰으로 마음껏 유튜브를 즐길 수 있게 됐지만, 그러지 않았다. 왜냐고?

In유튜브가 있잖아. 이게 더 재미있는걸.

우히히.

6.

꼬르모 언니의 방은 여전히 방문이 잠겨 있었다.

꼬르모 언니는 이제 이 방에 드나들지 않는 것 같았다. 그렇다면 내가 대신해 줄게요. 나는 어느덧 꼬르모가 박민주라는 착각에 사로잡혔다.

이번에는 실시간으로 귀 파기 방송을 할 생각이었다.

꼬르모 언니 자리에 앉았다.

꼬르모 책상 위에는 작은 맥북과 대형 모니터가 연결되어 있었는데, 모니터에서 구독자들의 접속 정보 창을 닫으니 구독자들의 얼굴 화면이 작은 창으로 속속 등장했다.

시작할 때가 된 거다.

구독자들이 꼬르모에게 얼굴을 보여 달라고 애원했다.

'아참. 나도 궁금했어.'

지금 내가 꼬르모 언니의 얼굴이 되어 있는 거니까 확인하는 건 어렵지 않았다. 나는 주식대마왕이 되었을 때 피디가 말해 준 왼쪽 아래에 있는 관리자 얼굴 창을 OFF에서 ON으로 바꿨다.

그러자 하단의 창에 내가 변해 있는 모습, 이 방의 주인인 꼬르모의 모습이 나타났다.

"어, 으아아아아아! 이게 뭐야!"

맙소사.

꼬르모는 엄마 얼굴이었다.

나는 벌떡 일어나 책장에 놓인 거울에 내 얼굴을 비춰봤다. 다시 확인해도 내 얼굴은 엄마의 얼굴이었다.

이 방에서 활동한, 꼬르모의 ASMR 채널을 운영하는 유튜브 크리에이터가 바로 우리 엄마였던 거?

그렇다면 이 방은,

요가방?

그러고 보니 이 익숙한 벽지는 할머니가 살아 계실 때 있었던 벽지다. 저 창문도 우리 집 2층 창문이다. 미국 갈 때는 없었지만 돌아와서 보니 달려 있던 이중 방범창. 아빠가 치매에 걸린 할머니를 위해 달아 놓은 거다.

어떤 생각에 허둥거리며 주변을 돌아보던 나는 책장에 빼곡하게 꽂혀 있는 책들을 뽑아냈다. 전부 영어로 된 책들. 엄마의 의학 서적들이다.

그중 한 책에서 낡은 사진이 빠져나왔다.

할머니!

할머니 사진이다.

그랬다.

꼬르모 언니의 목, 언니가 입고 있는 노란색 스웨터, 부드럽고 하얀 손등, 전부 엄마와 일치했다. 목소리도 어딘가 비슷했지만 고성능 마이크로 전달되는 음색은 실제로 듣는 것과는 사뭇 달랐기에 알아차릴 수 없었다.

'늘 요가방에서 사색하거나 명상을 하는 줄 알았는데 이 방에서 유튜브 영상을 촬영하고 있었던 거야?'

나는 실시간 방송을 중단하고 책상 위에 놓인 엄마 맥북을 이리저리 뒤졌다.

꼬르모, 아니 엄마가 찍어둔, 하지만 방송하지 않은 영상 파일들이 여러 개 저장되어 있었다.

맨 마지막 영상 파일을 클릭하자 얼굴을 보이지 않은 꼬르모의 영상이 나타났다.

노란색 스웨터를 입은 손목이 하얀 여성.

턱 위로는 보이지 않았지만 엄마가 확실했다.

엄마는 ASMR 대신 무언가를 발표하고 있었다.

"……제 영상들을 너무 사랑해 주셔서 감사해요. 저는 이제 유튜브를 중단하려고 합니다. 그만한 사정이 있어서요. 음, 우선 제가 왜 이 채널을 만들었는지 구독자분들께 설명할 필요가 있을 것 같아요. 전문 용어는 지양하고 쉬운 말로 설명할게요. 저한테는 아픈 딸이 있어요. 약한 자폐도 있고 우울증세에 심한 불면증을 앓고 있어요. 그 아이는 네 살 때 캐너증후군, 그러니까 자폐성 장애 진단을 받았어요. 그렇다고 대화가 안 되거나 지적 장애가 심한 건 아니에요. 많지는 않지만 친한 친구도 있으니까요. 다만 분리 불안이 심하고, 몇 가지 소리에 집착하고, 감정적 공감도 약해서 금방 우울증이 와요. 제 딸은 자기가 관심 두는 것에 몹시 집착하는 성향이 무척 강해요. 자기가 좋아하는 건 셀 수 없이 되풀이하려고 하죠. 우리 아이는 돌아가신 외할머니가 들려주는 낮은 소리에 집착했어요. 낮은 음의 노래, 쓰다듬는 소리, 낮게 가르릉거리는 할머니의 숨소리 같은 거.

　다 제 탓이죠. 제가 젊었을 때 공부한다고 아이를 제대로 돌보지 못해 그런 거예요. 제가 공부를 마치고 본격적으로 아이를 맡았을 때, 아이는 이미 외로움 속에 갇혀 헤어날 수 없는 상태였어요. 그걸 치료하려고 미국에 보냈다가 더 큰 상처를 입고 돌아왔고요. 아이는 돌아가신 할머니 소리에만 집착했답니다. 그때는 정말 힘들었어요. 악마한테 영혼을 팔아서라도 돌아가신 어머니를 다시 불러내고 싶을 정도로.

저는 아이를 위해 ASMR 방송을 시작했습니다. 아이가 이 방송을 듣고 외할머니가 아닌 다른 것에도 흥미를 가지고 새로운 감각을 일깨워 주길 바랐어요. 저, 사실 직업이 정신과 의사거든요. 정신과 의사가 이런 말을 하는 게 이상할지 모르지만 ASMR이 내 아이를 위로해 준다면 해볼 만하다고 생각했어요. 의사이기 이전에 엄마니까요.

사실 ASMR이 감각을 건드리는 데 실질적인 효과가 있는지는 밝혀진 게 없어요. 하지만 저는 시도했죠. 이제 제가 왜 이 방송을 그만두려는지 말씀드릴게요. 여러분이 이렇게 환호해 주실 줄 몰랐어요. 그간 과분한 사랑을 받았죠. 여러분 덕에 저는 때마다 용기를 낼 수 있었고, 제 아이도 이 방송을 너무 좋아하게 됐어요.

효과가 있었어요. 아이는 친구와 외출도 하고 학교생활도 무탈했으니까요. 하지만 이 방송을 오래할수록 저와 아이는 더 멀어졌어요. 아이가 이 방송에만 너무 집착했거든요. 그리고 이런 요법으로는 아이를 치료할 수 없다는 것도 확인했고요. 아이가 유튜브에 집착하고, 외할머니의 소리에 집착하는 성향은 약물 치료와 함께 본인 의지가 수반되어야만 극복할 수 있답니다.

이제 진짜 엄마로 제 딸한테 다가가려고 해요. 내 아이를 내 품에 안아서 저의 소리를 들려주고 사랑으로 아이의 상처를 지우고 싶어요. 여러분. 제가 이 방송을 멈추더라도 올려 놓은 방송은 지우지 않을게요. 제 얼굴도 처음 보셨죠? 나이 많은 아줌마여서 놀라셨나요? 저 젊었을 때는 그래도 예뻤답……아이, 말이 자꾸 꼬이네. 다시 하자. 이건 못 쓰겠다."

여기서 엄마는 쑥스러운지 방송을 끊었다.

나는 한동안 아무런 말도 할 수 없었다.

내 볼에는 어느새 눈물이 줄줄 흐르고 있었다.

그래. 맞다.

엄마 말이 전부 맞다.

나는 집착 증세가 있다. 그리고 불면증까지.

나는 학교보다 병원을 더 자주 드나들었다. 친구 지유도 병원에서 친해진 아이다.

나는 엄마 아빠가 나를 할머니한테 버리고 멀리 가 버렸다고 생각했다. 나는 할머니 품에 갇힐 때 비로소 편안함을 느끼고 잠이 들 수 있었다.

나는 엄마 아빠가 애써 내 증세를 아무렇지 않게 대하고 평소처럼 무자극을 주며 생활하고 있음을 안다.

하지만 엄마가 저렇게 생각하고 있는 줄은 몰랐다.

내가 그토록 의지하고 믿고 사랑한, 편안했고 위안을 받았던 꼬르모가 엄마였다니!

나는 얼른 이 방 밖으로 나가야 한다.

현실로 돌아가 엄마를 만나야만 하니까. 어쩌면 나는 진짜 엄마를 두고 허상을 찾고 있었는지도 모른다.

줄줄줄, 올라오던 글들.

그 방의 꼬르모 모니터에서 환호하던 수많은 사람들 역시 나 같은 사람들은 아니었을까?

아니, 내가 과거에 환호했던 유튜브 속 크리에이터 꼬르모는 전부 다른 사람들이 그 방에 찾아와서 제각각 영상을 만든 건 아닐까?

모든 게 헷갈렸다.

'어서 이곳에서 나가자.'

이 괴물 같은 판타지 속 In유튜브 세상은 도무지 믿을 수 없으니까.

인간은 현대 문물들과 매체들, 이를테면 텔레비전, 자동차, 스마트폰과 페이스북, 트위터 등을 왜 만들었을까요? 저는 그것들을 만든 이유가 인간이 더 인간답게, 인간을 더 사랑하기 위해서라고 생각합니다. 이를테면 가족을 잃은 할아버지가 텔레비전 속 사람들의 웃음이 없다면 홀로 뻑뻑한 고독을 이겨 내야 했을 것이고, 그리운 이를 멀리 둔 사람이 하루빨리 님을 만나기 위해서는 자동차를 몰아야 했을 것이며, 길에 쓰러져 숨이 넘어가려는 사람을 구하기 위해서는 스마트폰을 이용해 구급대에 전화할 수도 있습니다. SNS 매체들은 어떤가요? 나와 다른 이의 글을 읽으며 세상에는 이토록 다양한 생각들이 존재하고 있음을 느낄 수도 있습니다. 다양성을 고취하는 것은 문화를 키우는 데 도움이 됩니다. 하지만 유튜브는 조금 다를지 모릅니다. 일단 이 녀석은 강력합니다. 우리가 책에서 활자로, 인터넷에서 이미지 등으로 천천히 사고하며 받아들이는 정보들을 유튜브는 매우 즉각적으로 구현해서 보여줍니다. 우리 두뇌는 그 영상들의 옳고 그름을 채 구분하지 못하고 무차별적으로 받아들입니다. 모르긴 몰라도 유튜브는 4D 매체가 나오기 전까지 가장 강력한 매체로 자리매김할 것입니다. 강력하다는 것은 위험하다는 것과 맥이 통합니다.

저는 이렇게 말하고 싶습니다. 우리는 그 강력한 영상 매체를 어떻게 사용해야 할까요? 조금은 자극적으로 소비하고 있지는 않나요? 근거 없이 타인을 비난하고 비방하며 유언비어를 만들어 내고 있지는 않나요? 그것 또한 인간이 더 인간답게, 서로를 더 사랑하기 위해 만들어진 것이라고요. 그래서 이 글을 지었습니다. 우리는 우리를 편리하게 해주는 것들을 인간답게 사용했으면 좋겠습니다. 꼬르모의 방에 들어간 민주의 엄마처럼요.

마음을 꿈꾸다 06

중독된 아이

초판 1쇄 펴낸날 2022년 5월 30일   **초판 6쇄 펴낸날** 2024년 10월 1일

글 전건우, 정해연, 정명섭, 차무진

펴낸이 허경애

편집 전상희   **디자인** 최정현   **마케팅** 정주열

펴낸곳 도서출판 꿈터

출판등록일 2004년 6월 16일 제313-2004-000152호

주소 서울시 마포구 양화로 156, 엘지팰리스빌딩 825호

전화번호 02-323-0606   **팩스** 0303-0953-6729

이메일 kkumteo77@naver.com

블로그 blog.naver.com/kkumteo-

인스타 kkumteo

ISBN 979-11-6739-059-2(44810)

ⓒ 전건우, 정해연, 정명섭, 차무진 2022
이 책에 실린 글은 무단 전재 및 무단 복제할 수 없습니다.

＊잘못된 책은 구입하신 서점에서 바꾸어 드립니다.

꿈꾸다 는 꿈터의 청소년 브랜드입니다.